〈東方三博士の礼拝〉レオナルド・ダ・ヴィンチ

Adoration of the Magi by Vinci, Leonardo da (1452-1519) Galleria degli Uffizi, Florence, Italy/Photo Scala, Florence/Orion Press

〈最後の晩餐〉レオナルド・ダ・ヴィンチ

The Last Supper, 1495-97 (post restoration) by Vinci, Leonardo da (1452-1519) Santa Maria della Grazie, Milan, Italy/Bridgeman ArtLibrary/Orion Press

The DA VINCI CODE

〈最後の晩餐〉拡大図

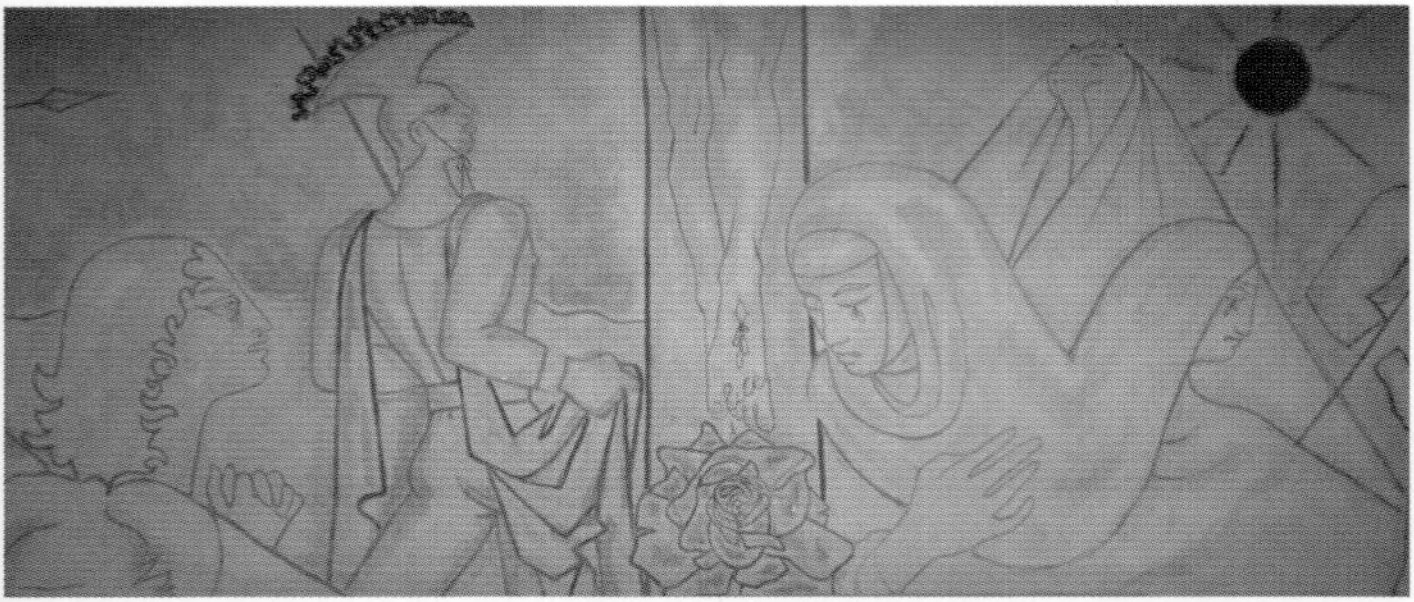

上 : ジャン・コクトーの壁画（ノートル・ダム・ド・フランス教会）

下 : 壁画の前に設置された“M の祭壇”

ダ・ヴィンチ・コード（中）

ダン・ブラウン
越前敏弥＝訳

角川文庫 14158

Translated by Toshiya Echizen
Published in Japan by
Kadokawa Shoten Publishing Co., Ltd.

この小説における芸術作品、建築物、文書、秘密儀式に関する記述は、すべて事実に基づいている。

《主な登場人物》

ロバート・ラングドン……ハーヴァード大学教授　宗教象徴学専門
ソフィー・ヌヴー……フランス司法警察暗号解読官
ジャック・ソニエール……ルーヴル美術館館長
アンドレ・ヴェルネ……チューリッヒ保管銀行パリ支店長
リー・ティービング……イギリス人の宗教史学者
レミー・ルガリュデ……ティービングの執事
マヌエル・アリンガローサ……オプス・デイの代表　司教
シラス……オプス・デイの修道僧
ジョナス・フォークマン……ニューヨークの編集者
ベズ・ファーシュ……フランス司法警察中央局警部
ジェローム・コレ……同警部補

38

タクシーの後部座席で、ソフィーはラングドンを凝視した。冗談はやめて。「聖杯？」

ラングドンは真顔でうなずいた。「〝聖杯《ホーリー・グレイル》〟はサングリアルということばの英訳にすぎない。もとはフランス語のサングラールで、それがサングリアルになり、やがてふたつの単語に分かれてサン・グリアルになった」

聖なる《サン》——杯《グリアル》。すぐにそのことに思い至らなかったのが自分でも意外だった。それにしても、ラングドンの主張は筋が通らない気がした。「聖杯と言うからには杯でしょう？　なのにあなたは、秘密が記された文書だと言ったわね」

「いや、文書はそこにある半分にすぎない。文書は聖杯といっしょに埋められていて……そのほんとうの意味を明らかにするという。テンプル騎士団が強大な力を持つようになったのは、その文書が聖杯の真の姿を解明するものだったからだ」

聖杯の真の姿？ ソフィーはますますわけがわからなくなった。聖杯とは、イエスが最後の晩餐《ばんさん》で使い、その後アリマタヤのヨセフが十字架上の血を受けた杯ではないのか。「聖杯はキリストの杯である。それ以上の説明が必要なの？」

「ソフィー」ラングドンは体を乗り出して小声で言った。「シオン修道会に言わせれば、聖杯は杯なんかじゃない。その主張によると、聖杯伝説は――杯の伝説は――巧みに作られた寓話《ぐうわ》だという。つまり、杯ははるかに重要な別のものの比喩《ひゆ》として使われているというわけだ」そこでひと息つく。「ミスター・ソニエールが今夜伝えようとした内容は、聖なる女性の象徴も含めて、その主張とぴったりつじつまが合う」

納得できないソフィーのとまどいを察して、ラングドンは辛抱強く微笑んでいる。だが、その目は真摯《しんし》だ。ソフィーは訊《き》いた。「だけど、杯じゃないなら、いったいなんだというの？」

その質問が来るのは予想していたが、どう答えるべきかラングドンは迷っていた。歴史的背景をしっかり説明してやらなければ、ソフィーは煙《けむ》に巻かれたままだろう。数か月前、仕上げた原稿を渡したときに編集者の顔に浮かんだ表情も、いまのソフィーと同じだった。

「なんについての本だって？」編集者はむせてワイングラスを置き、食べかけの昼食越しにラングドンを見つめた。「本気なのか」

「大まじめだ。一年かけて調査したよ」

ニューヨークの著名編集者であるジョナス・フォークマンは、顎《あご》の下の山羊《やぎ》ひげをせわしなく引っ張った。輝かしい経歴のなかで、途方もない本の構想を聞かされたことは何度もあるにちがいないが、それでも今回は面食らったらしい。

「ロバート」フォークマンはやっと口を開いた。「気を悪くしないで聞いてくれ。おれはきみの著作を気に入ってるし、いっしょに仕事ができて大成功だったと思う。けど、こんなものを出版したら、会社の外に何か月もピケを張られるよ。そのうえ、きみの評判は地に墜《お》ちる。きみはハーヴァードの学者であって、一発ねらいの通俗小説家じゃない。こんな説を裏づけるまともな証拠がどこにあるというんだ」

穏やかに微笑みながら、ラングドンはツイードの上着のポケットから一枚の紙を取り出してフォークマンへ渡した。それは図書目録で、五十冊以上の本――何世紀も前から現代までの高名な歴史学者たちによる著書――の情報が並んでおり、多くは学術書のベストセラーだった。どの題名も、その本がラングドンの主張と同じ前提に立っていることをにおわせている。フォークマンは目録をながめるにつれ、地球が実は平らだったことを発見したばかりといった風情になった。「このうちの何人かは直接の知り合いだ。みんな……正真正銘の歴史学者だぞ!」

ラングドンはにやりと笑った。「わかったろう、ジョナス。これはわたしだけが主張している学説じゃない。昔からある考えなんだよ。わたしはただそれをもとに書いているんだが、象徴学の角度から聖杯伝説を研究した本はまだない。この説を裏づけるためにわたしが見つけた図像学の証拠には、恐ろしいほどの説得力がある」

フォークマンはまだ目録を見つめていた。「これはサー・リー・ティービングが書いたものじゃないか――英国王立歴史学会員だぞ」

「ティービングは人生の大半を賭《か》けて聖杯の研究をしてきた。本人とも知り合いだよ。実のところ、わたしの着想はティービングから刺激を受けた部分が大きい。ティービングも同じ考えを持っているし、そこに載っているほかの人物もそうだ」

「つまり、この歴史家たちは本気で……」フォークマンはそこで口をつぐんだ。その先を言うのがためらわれるらしい。

ラングドンはまたにやりとした。「聖杯の探求は人類の歴史上最大の宝探しと言っていいだろう。聖杯は伝説を生み、戦いを引き起こし、生涯を賭けた冒険に人々を駆り立てた。それが単なる杯だとしたら変じゃないか。もしそうなら、ほかの聖遺物も

――茨《いばら》の冠や、磔《はりつけ》の十字架や罪標も――同程度以上の興味を呼び覚ますはずなのに、そうはならない。歴史を通じて、聖杯は特別のものなんだよ」笑みが大きくなる。「これでその理由がわかったろう」

フォークマンはまだ首を左右に振っていた。「しかし、ここに並んでる本がすべてそのことについて書いてるなら、なぜその説は広く知られていないんだ」

「何世紀にもわたって築かれた歴史解釈には太刀打ちできないさ。しかもその解釈は、史上最大のベストセラーによって裏づけられたものだ」

フォークマンは目をまるくした。「『ハリー・ポッター』が実は聖杯についての話だなんて言うなよ」

「聖書のことだ」

フォークマンは肩をすくめた。「わかってる」

「レッセー・ル!」ソフィーの叫びがタクシー内の空気を切り裂いた。「それを置きなさい!」

ソフィーが身を乗り出して運転手に怒鳴ったので、ラングドンは飛びあがった。運転手は無線機をつかんで何やら話しかけている。

ソフィーは振り向き、ラングドンの上着のポケットへ手を突っこんだ。何がなんだかラングドンが理解できないうちに、ソフィーは拳銃《けんじゅう》を抜きとって、すばやく運転手の頭に突きつけた。運転手はすぐに無線機を落とし、その手をあげた。

「ソフィー！」ラングドンは息を詰まらせた。「いったい何を――」

「停まって《アレテ》！」ソフィーは命じた。

運転手は震えながら従い、停車した。

そのとき、タクシー会社の配車係の硬い声がダッシュボードから聞こえた。「……名前はソフィー・ヌヴー捜査官《キ・サペル・アジャン・ソフィー・ヌヴー》……」無線の声が割れた。「それにアメリカ人《エ・アナメリカン》、ロバート・ラングドン……」

ラングドンの筋肉がこわばった。もう見つかったのか？

「おりて《デサンデ》」ソフィーは命じた。

運転手は両手を頭上に掲げて車をおり、数歩あとずさった。

ソフィーは窓をあけ、震えている運転手に銃を向けた。それから落ち着いた声で言った。「ロバート、前へ移って。あなたが運転してちょうだい」

銃を構えた人間にことばを返す気にはならず、ラングドンは車からおり、すぐに運転席に腰かけた。運転手は大声でののしっているが、手をまだ頭上に掲げたままだ。

「ロバート」ソフィーは後部座席から言った。「魔の森はじゅうぶん堪能《たんのう》したわね？」

ラングドンはうなずいた。じゅうぶんどころじゃない。

「じゃあ、ここから出ましょう」

ラングドンは運転席の横を見て躊躇《ちゅうちょ》した。しまった。おそるおそるシフトレバーとクラッチへ手を伸ばした。「ソフィー、たぶんきみのほうが――」

「さあ、出て！」ソフィーは叫んだ。

外には、数人の売春婦がこちらの様子を見ようと集まっていた。ひとりが携帯電話をかけようとしている。ラングドンはクラッチを切り、シフトレバーを一速と思われるところへ動かした。アクセルに足でふれ、試しに踏んだ。

そして、クラッチをつないだ。タクシーはタイヤをきしらせて前へ飛び出し、後部を激しく左右に振った。野次馬たちが身を守ろうと散りぢりに逃げていく。携帯電話の女は木立のなかへ飛びこみ、かろうじて轢《ひ》かれずにすんだ。

「落ち着いて！」ソフィーが言うと、車は急停車した。「何をしてるの？」

「さっき言おうとしたんだが」ギアが立てる音に負けじとラングドンは声を張りあげた。「オートマティックしか運転できないんだ！」

39

ブリュイエール通りにある褐色砂岩の建物のなかで、その質素な部屋は多くの苦しみを見守ってきたにちがいないが、いま自分の体を捕らえている苦悶《くもん》に並ぶものはあるまい、とシラスは思った。

自分は欺かれた。あの四人はそろって嘘をつき、秘密を明かすよりも死を選んだということだ。導師に電話をかける気になれない。キー・ストーンのありかを知る四人を殺したばかりか、サン・シュルピス教会の尼僧までも手に掛けてしまった。しかし、あの女は神にそむいていた！　そしてオプス・デイを侮辱した！

尼僧をはずみで殺したせいで、話はひどく複雑になった。サン・シュルピス教会に泊まる段取りは、アリンガローサ司教がつけてくれた。尼僧の死を知ったら、あの教会の神父はどう思うだろうか。遺体はベッドへもどしたが、頭の傷は見ればわかる。あの教割ったタイルを直そうとしたものの、その跡も隠しようがなかった。だれかが訪れたことは一目瞭然《りょうぜん》だ。

ここでの任務を終えたら、シラスは身を隠すつもりだった。アリンガローサ司教が守ってくれる。ニューヨークのオプス・デイ本部の奥深くにこもって、黙想と祈りの生活を送る以上の幸せがあるとは思えなかった。二度と外へ出まい。必要なものはすべてあの聖なる場に備わっている。自分を恋しがる者などいないが、アリンガローサ司教のような傑出した人物は、あいにく簡単に行方をくらますわけにはいかない。司教を危険にさらしてしまった。焦点の合わない目で床を見つめながら、シラスは自殺を考えた。なんと言っても、アリンガローサ司教は命の恩人だ。スペインのあの小さな司祭館で、自分を教育し、生きる目的を与えてくれた。

「友よ」かつてアリンガローサは言った。「おまえは生まれつきの色素欠乏症だ。そのせいで他人に蔑《さげす》まれるようなことがあってはならない。おまえは選ばれた特別な人間なのだよ。ノアが色素欠乏症だったのを知らないかね」

「箱舟のノアが？」そんな話は初耳だった。

アリンガローサは微笑んだ。「そう、箱舟のノア。色素欠乏症だった。おまえと同じで、その肌は天使のように白かった。ノアが地上の全生命を救ったことを思い出すといい。おまえは偉業をなしとげる定めにあるのだよ、シラス。主《しゅ》がおまえに自由をお与えになったのは偶然ではない。おまえには使命がある。主は御業《みわざ》を果たされるために、おまえの助けを必要となさっている」

しだいに、シラスは自分を新たな光のもとで見ることに慣れていった。自分は清らかだ。白い。美しい。天使のように。

けれども、たったいま宿舎のこの部屋で聞こえるのは、過去からささやきかける、父親の心ない声だった。

おまえは厄介者《チュ・エ・アン・デザストル》だ。化け物《アン・スペクトル》だ。

木の床にひざまずき、シラスは許しを求めて祈った。それから法衣を脱ぎ、ふたたび苦行へと向かった。

40

シフトレバーと格闘しながら、ラングドンは乗っとったタクシーをどうにかブーローニュの森の端まで運んだ。エンストを起こしたのはわずか二回だ。ふだんなら滑稽《こっけい》なところだが、残念ながら、タクシーの配車係が無線から繰り返し呼びかける声のせいでそうもいかなかった。

「五六三号車《ヴォワチュール・サンク・スイス・トロワ》。どこにいる？　応答せよ《ウ・エト・ヴー　レポンデ》！」

出口まで来ると、ラングドンは男の沽券《こけん》を捨て、ブレーキを強く踏んだ。「運転を替わってくれないか」

運転席に飛びこむや、ソフィーは安堵《あんど》の表情を浮かべた。数秒後に車は軽やかな音とともに発進し、〝快楽の園〟をあとにしてロンシャン通りを西へ向かった。

「アクソー通りはどっちだい」速度計の数字が時速百キロを超えようとしているのを見つめながら、ラングドンは尋ねた。

ソフィーの目は前方へ向けられたままだった。「ローラン・ギャロスのテニス競技場の近くだと運転手が言ってたわ。あのあたりならわかる」

ラングドンはずしりとした鍵《かぎ》をポケットからふたたび取り出し、手のひらでその重みを受け止めた。これには途方もない価値があるのだろう。そしてまちがいなく、自分が自由を手にするための鍵でもある。

先刻、テンプル騎士団についてソフィーに説明していたとき、この鍵には紋章が浮き彫りになっているだけでなく、シオン修道会とのあいだにもっと微妙なつながりも見られることに気づいた。縦横の長さが等しい十字は均衡と調和の象徴だが、同時にテンプル騎士団の紋章でもある。そのような赤い十字の描かれた白い長衣を身につけた騎士団員の絵は、だれもが目にしたことがあるにちがいない。テンプル騎士団の十字は腕の端がひろがっているものの、縦横の長さは等しい。

正十字。この鍵にあるものと同じだ。

これから見つけるかもしれないものに思いをめぐらせているうち、想像力が暴走をはじめつつあるのをラングドンは感じた。聖杯か。あまりの突飛さに、思わず声をあげて笑いそうになった。それはイギリスのどこか、テンプル騎士団の数多い教会のどれかで秘密の地下室に埋められ、一五〇〇年ごろからそこにあると信じられている。

ダ・ヴィンチ総長の時代。

シオン修道会は、影響力の大きいその文書を守るため、最初の数世紀は何度も場所を移さざるをえなかったらしい。エルサレムからヨーロッパへ持ちこまれたのち、六回は移動されたと歴史学者たちは考えている。最後に〝目撃〟されたのは一四四七年で、その場に居合わせたおおぜいの人間によると、突然の火事で文書は危うく燃えるところだったが、四つの巨大な箱をそれぞれ男が六人がかりで持ちあげて、無事に運び出せたという。その後、見たと言う者はいない。アーサー王と円卓の騎士ゆかりの地であるイギリスに眠っているのではないかと、ときおり噂されるばかりだ。

どこにあるにせよ、ふたつの重要な事実が残されている。

ダ・ヴィンチは当時の聖杯のありかを知っていた。

隠し場所はおそらく今日まで変わっていない。

そのため、聖杯マニアたちは現在のありかを示す手がかりを掘り起こしたい一心で、いまだにダ・ヴィンチの作品や日記を研究している。〈岩窟《がんくつ》の聖母〉の背景に描かれた山々が、スコットランドの洞窟の多い丘陵地帯と同じ地形を持つという説を唱える者。〈最後の晩餐《ばんさん》〉における弟子たちの不可解な並び方が一種の暗号になっていると主張する者。〈モナ・リザ〉をX線で調べると、当初は青金石《ラピスラズリ》でできたイシスの首飾りが描かれていたように見えるため、ダ・ヴィンチがあとから塗りつぶしたにちがいないと言い張る者もいる。ラングドンはそんな首飾りが存在した証拠を見たことがないし、どうすればそれで聖杯の場所がわかるのかも想像がつかないが、マニアたちはインターネット上のそここの掲示板やチャットルームで、同じ議論をうんざりするほど繰り返している。

だれもが陰謀説を愛する。

そして、陰謀説は尽きることがない。最近の大発見としては、ダ・ヴィンチの名作〈東方三博士の礼拝〉が、塗り重ねた絵の具の下に邪悪な秘密を隠していたというものがある。イタリアの美術研究家マウリツィオ・セラチーニが驚くべき事実を明らかにし、それを《ニューヨーク・タイムズ・マガジン》誌が〝レオナルドの隠蔽《いんぺい》工作〟という見出しの記事で喧伝《けんでん》した。

暗緑色の下絵はたしかにダ・ヴィンチの作だが、絵画そのものはそうではない、とセラチーニは断じた。ダ・ヴィンチの死後何年もたってから、どこかの無名の画家が塗り絵さながらに色をつけたのだという。しかし、それよりはるかに大きな問題は下絵の内容だった。赤外線反射法やX線を用いた撮影によると、そのろくでもない画家が下絵に色をつけたとき、ダ・ヴィンチの意図を逸脱して改変を加えた疑いがあるらしい。下絵のもとの姿がどうあれ、それはまだ公にされていない。にもかかわらず、フィレンツェのウフィッツィ美術館では、動揺のあまりただちにこの絵を通り向かいの倉庫へ片づけてしまった。ウフィッツィでダ・ヴィンチの展示室を訪れても、かつてこの絵が掛けられていた場所には、事実に反する味気ない標示板を目にするだけだ。

この作品は修復準備のため分析調査中

現代の聖杯探求者たちがひしめく不可思議な世界でも、ダ・ヴィンチはなお大いなる謎だ。作品はいまにも秘密を語りそうに見えるが、それが絵の具の層に隠されているのか、暗号として描きこまれているのか、あるいはどこにもないのかは判然としない。ダ・ヴィンチによる意味ありげな手がかりの数々は物見高い者の裏をかく空約束にすぎず、それゆえに物知り顔の〈モナ・リザ〉が微笑んでいるのかもしれない。

「もしかしたら」ソフィーが話しかけ、ラングドンを物思いから引きもどした。「それは聖杯の隠し場所の鍵かもしれないの？」

ラングドンは笑ったが、自分でもわざとらしく感じられた。「そんなことは考えもしなかったな。聖杯があると信じられているのはイギリスであって、フランスじゃない」それから史実を簡単に説明した。

「だけど、理詰めで考えたら答は聖杯しかないわ」ソフィーは譲らなかった。「この上なく厳重に隠されていた鍵に、シオン修道会の紋章が刻まれていて、それをわたしたちに託したのは修道会の一員だった。あなたの話だと、修道会は聖杯を守りつづけてきたんでしょう？」

ソフィーの主張はもっともだが、ラングドンの直感はどうしてもそれを受け入れられなかった。いつの日か聖杯を安住の地たるフランスへ持ち帰るという誓いをシオン修道会が立てたらしいとはいえ、実際にもどされた証拠はまったくない。たとえフランスに返されていたとしても、テニス競技場に近いアクソー通り二四番地なる場所は、聖なる安住の地としてふさわしくない気がする。「この鍵は聖杯と無関係だと思うよ」

「聖杯はイギリスにあるはずだから？」

「それだけじゃない。聖杯のありかは史上最大の秘密のひとつだ。シオン修道会の会員は何十年もかけて自分が信頼に足ることを証明し、やがてひと握りの人間が最高の地位を与えられて、聖杯のありかを知らされるという。この秘密は複雑に細分化された仕組みによって守られているらしくて、修道会はかなり大きい組織なのに、どの時点でも聖杯のありかを知るのはわずか四人――総長と三人の参事だけだ。ミスター・ソニエールがその立場にあった可能性はあまりに低い」

祖父はその立場にあったにちがいないと思いながら、ソフィーはアクセルを踏んだ。

修道会での祖父の地位を決定づける光景が、脳裏にしっかりと刻みこまれている。

「それに、たとえミスター・ソニエールが幹部の一員だったとしても、部外者には何ひとつ明かしてはならないはずだ。きみを巻き添えにするとは考えられない」

とっくに巻き添えにされている、とソフィーは心のなかで言い、地下室の儀式を頭に浮かべた。あの夜ノルマンディーの古城で見た出来事について、いますぐラングドンに話すべきだろうか。この十年、ひたすら恥じる気持ちから、胸の内をだれにも明かせなかった。それを思い出しただけで体が震えた。そのとき、かなたからサイレンの音が聞こえ、疲労感が自分に重くのしかかるのを感じた。

「あった！」前方に現れたテニス競技場の巨大な建物を目にして、ラングドンは興奮気味に言った。

ソフィーは蛇行して競技場へ車を走らせた。やがてアクソー通りとの交差点に出たので曲がり、番地の数字が小さくなるほうへ進んだ。あたりはだんだん商業地区へ変わっていく。

二四番地、とラングドンは自分に言い聞かせながら、無意識のうちに教会の尖塔《せんとう》を探していることに気づいた。ばかばかしい。忘れ去られたテンプル騎士団の教会が近くにあるとでもいうのか。

「ここだわ」ソフィーは叫び、指さした。

ラングドンはその指の先を追って前方の建物を見た。

これはなんだ？

現代的な建物だった。背の低い要塞《ようさい》を思わせ、前面の最上部に巨大な正十字形のネオンが輝いている。十字の下にこんな文字があった。

チューリッヒ保管銀行

教会を探していたことをソフィーに話さなくてよかった、とラングドンは思った。象徴学者の職業病で、なんでもない状況にも隠れた意味を見いだそうとしてしまう。いまは、この平和な正十字が永世中立国スイスにふさわしい象徴として採用されていることをすっかり忘れていた。

少なくとも、謎は解けた。

自分たちが持っているのは、スイスの銀行の貸金庫をあける鍵だ。

41

カステル・ガンドルフォの外へと、山の風が高い崖《がけ》を越えて冷気を吹き送るなか、アリンガローサ司教はフィアットからおりた。身震いをこらえながら、法衣のほかにも何か着てくればよかったと思った。今夜は、まちがっても不安や怖《お》じ気《け》をいだいているとは見られたくない。

建物は暗く、最上階の窓だけが不気味な輝きを放っている。図書室だ。先方は起きたまま待っているらしい。アリンガローサは風に向かって頭を低くし、天文台のドームには目もくれずに歩いた。

入口で迎えた司祭は眠たげだった。五か月前に来たときと同じ人物だが、今夜はあまり愛想がよくない。「心配しておりましたよ、司教」そう言って腕時計を見たが、心配というよりとまどっている様子だった。

「すまない。近ごろの飛行機はまったくあてにならなくてね」

若い司祭は何やらつぶやいてから言った。「みなさま、上でお待ちです。そちらまでご案内しますよ」

図書室は巨大な正方形の部屋で、色の濃い板張りの壁が上から下までめぐらされていた。どの壁にも、本の詰まった背の高い本棚が並んでいる。床は黒い玄武岩でふちどりされた琥珀《こはく》色の大理石で、この建物がかつて宮殿だったことをうかがわせる美しさがある。

「ようこそ、司教」部屋の奥から男の声が聞こえた。

アリンガローサはだれが口を開いたのかを見分けようとしたが、照明があまりに暗すぎた――はじめてここを訪れたときには煌々《こうこう》と輝いていたのに、いまは比べ物にならない。あの夜はすっかり目が覚めたものだ。今夜は、これから起こることを恥じてでもいるのか、一同は暗がりにこもっている。

アリンガローサはゆっくりと、ことさらに堂々と部屋へはいった。奥に置かれた長いテーブルに三人の男がついているのが、輪郭から見てとれた。中央の男はすぐに識別できた――太り肉《じし》のヴァチカン国務省長官で、市国内のあらゆる法的な問題を司《つかさど》っている。ほかのふたりは、高位にあるイタリアの枢機卿《すうききょう》だ。

アリンガローサは部屋を横切って三人へ近づいた。「こんな時刻に大変申しわけない。時差があるものですから。さぞお疲れでしょう」

「いや、平気ですとも」大きくせり出した腹の上で手を組み合わせたまま、長官が言

った。「遠くまでお越しいただいて感謝していますよ。こちらは目を覚ましているこ
とぐらいしかできません。コーヒーか何か、飲み物はどうです」
「外交辞令は抜きにしましょう。帰りの飛行機の時間があります。本題にはいっても
よろしいですか」
「もちろん」長官は応じた。「あなたはわれわれの予想以上に行動が早い」
「そうでしょうか」
「まだ一か月もあります」
「問題を知らされたのは五か月も前です」アリンガローサは言った。「何を待つ必要
があるというのですか」
「たしかに。あなたの手際のよさには感服していますよ」
アリンガローサはテーブルの端に置かれた大きな黒いブリーフケースへ目をやった。
「お願いしたものはあれですか」
「ええ」長官の声に不安がにじんだ。「しかし率直に言って、われわれはご依頼に懸
念をいだいておりましてね。おそらく非常に……」
「危険です」枢機卿のひとりが引きとった。「電信で送れないというのはたしかです
ね？　法外な額です」

自由は高くつくものだ。「おのれの身の危険は感じておりません。神がともにいらっしゃいますから」

三人は見るからに疑わしげだった。

「金額はこちらがお願いしたとおりですね」

長官はうなずいた。「額面の大きい無記名債券で、ヴァチカン銀行宛に振り出されています。世界じゅうどこでも現金と同じく通用しますよ」

アリンガローサはテーブルの端まで行き、ブリーフケースをあけた。中には債券の分厚い束がふたつあり、それぞれにヴァチカンの紋章と〝持参人払い《ポルタトーレ》〟の文字が記されていた。

長官は顔をこわばらせた。「すべて現金であれば、これほどまで懸念しないのです」

そんな多額の現金は持ち歩けない、とアリンガローサは思いながら、ケースを閉めた。「この債券は現金と同じく通用する。そうおっしゃったではありませんか」

ふたりの枢機卿が落ち着かなげに視線を交わし、一方が口を開いた。「とはいえ、これではヴァチカンから出たものだと特定できますからね」

アリンガローサは内心ほくそ笑んだ。まさにそれこそが、ヴァチカン銀行の債券で資金を調達するよう導師が指示した理由だった。こうすれば保険がわりになる。同じ穴の貉《むじな》というわけだ。「これはまったく合法的な取引です」アリンガローサは答えた。「オプス・デイはヴァチカン市国の属人区であり、教皇聖下はあらゆる形で資金の用立てをなさることができます。いかなる法も犯していません」

「それはそうだが……」長官が身を乗り出すと、重みで椅子がきしんだ。「こちらは資金の使い道を何も知らされていないし、もしなんらかの不法な――」

「あえて言わせていただけば」アリンガローサはさえぎった。「どう使おうとそちらとは無関係です」

長い沈黙があった。

反論できまい、とアリンガローサは思った。「さあ、署名させてもらえませんか」

三人は愕然《がくぜん》とし、とにかく立ち去ってほしいとばかりに、あわてて一枚の紙をよこした。

アリンガローサは目の前に置かれたその紙をじっくり見た。教皇の印章がある。

「これが送ってくださったものの原本ですね」

「そうです」

書類に署名をしながら、アリンガローサは気持ちの高ぶりをほとんど感じないことに驚いた。だが相手の三人は、安堵《あんど》のため息を漏らしたようだ。

「ありがとう、司教」長官が言った。「教会へのあなたの貢献は、けっして忘れられますまい」

アリンガローサはブリーフケースを手につかんだ。その重みに権威と将来性が感じられる。一瞬、四人はまだ話が残っているかのように顔を見合わせたが、そんなものはなかった。アリンガローサはきびすを返し、出口へ向かった。

「司教」アリンガローサが戸口にさしかかったとき、枢機卿のひとりが声をかけた。

アリンガローサは立ち止まって振り向いた。「なんでしょう」

「これからどこへ向かうつもりですか」

場所ではなく魂について問われているのだろうと察せられたが、いまは倫理について議論する気はなかった。「パリです」と答え、アリンガローサは外へ足を踏み出した。

42

チューリッヒ保管銀行は二十四時間営業の貸金庫銀行で、スイス銀行の番号口座の伝統に則《のっと》って、最新のあらゆるサービスを提供している。チューリッヒ、クアラルンプール、ニューヨーク、パリに店舗があり、近年では匿名のソフトウェア・エスクロー・サービスやデジタル・バックアップ・サービスも手がけている。

とはいえ、中心となる業務は、最も古くて単純なもの——匿名保管サービス、すなわち貸金庫の管理である。株券から高価な絵画までどんなものも、顧客は何重ものハイテクの覆いの奥に預けることができ、取り出すときも完全な匿名性が保証される。

ソフィーがタクシーを目的地の前で停めると、ラングドンは堅牢《けんろう》な建物へ目をやり、杓子《しゃくし》定規の銀行にちがいないと見てとった。建物は矩形《くけい》で窓がなく、全体が生気のない鋼鉄でできているように見える。一片の巨大な煉瓦《れんが》にも似た横長の造りで、高さ十五フィートの位置から正十字のネオンが光を放っている。

各銀行の秘密厳守の方針は、スイスが外貨を得るための最も有効な手段のひとつとなっている。こうした機関の存在は芸術界では非難の的となってきたが、それは美術品泥棒が盗品を、ほとぼりが冷めるまで必要とあらば何年でも隠せる完璧《かんぺき》な場所だからだ。プライバシーを保護する法律によって保管物は警察の捜査を免れ、しかも名義不要の番号口座があるだけなので、泥棒たちは盗品が安全に保管されて、けっして身元をたどられないと確信し、悠然と構えていられる。

ソフィーは堂々たる門の前でタクシーを止めた。門の向こうは、コンクリート敷きの傾斜路が建物の地下へとくだっている。頭上のビデオカメラがまっすぐこちらを向いているのを見て、あれはルーヴルとちがって偽物ではあるまいとラングドンは思った。

ソフィーは車の窓をさげ、運転席側にある指示板を見た。液晶の画面に七か国語で説明が表示されている。いちばん上は英語だった。

鍵《かぎ》を差してください。

ソフィーはレーザーの細工が施された金色の鍵をポケットから出し、ふたたび指示板を見た。画面の下に三角形の穴がひとつある。

「ちょうどそこに合う気がするな」ラングドンは言った。

ソフィーは鍵の三角柱の部分を穴に差し、軸がすっかり見えなくなるまで押しこんだ。鍵をまわす必要はないらしい。すぐに扉が開きはじめた。ソフィーはブレーキから足を離し、第二の扉と指示板までゆるやかに車を進めた。後ろで第一の門が閉まり、車は水門のなかの船さながらに閉じこめられた。

ラングドンはこの圧迫感が気に入らなかった。つぎの門もうまく開いてくれ。

二番目の指示板にも同じ表示があった。

鍵を差してください。

ソフィーが鍵を差すと、第二の門がまもなく開いた。数秒後、車はスロープを建物の地下へとおりていった。

駐車場はせまくて薄暗く、十台余りしか停められない。突きあたりに銀行の正面玄関が見えた。コンクリートの床に赤いカーペットが敷かれ、硬い金属製とおぼしき巨大な扉へ訪問客をいざなっている。

矛盾したメッセージだな、とラングドンは思った。歓迎と拒絶が同居している。

ソフィーは玄関の近くで車を停止し、エンジンを切った。「銃は置いていったほうがいいわ」

大賛成だ、と思いながら、ラングドンは銃を座席の下に滑りこませた。

ふたりは車からおり、赤いカーペットの上を鉄の扉へと歩いた。扉には取っ手がなく、かたわらの壁にまたしても三角形の鍵穴がある。今回はどこにも指示がなかった。

「学習能力の低いやつはおことわりというわけだ」ラングドンは言った。

ソフィーは引きつった顔で笑い声を漏らした。「さあ、はいりましょう」鍵を差しこむと、扉は低くうなりながら内側へ開いた。ふたりは視線を交わし、中へ足を踏み入れた。背後で鈍い音を立てて扉が閉まった。

ロビーの装飾は、ラングドンがこれまで見たことがない重厚なものだった。たいていの銀行がありきたりの磨きあげた大理石や御影石《みかげいし》で満足しているのに、ここは見渡すかぎり金属の壁と鋲《びょう》ばかりだ。

だれが設計したんだ？　アライド・スティール社か？

ロビーを見まわすソフィーも気圧《けお》されているようだった。

床、壁、カウンター、扉など、ありとあらゆるところに灰色の金属が使われ、ロビーの椅子までもが鋳鉄でできているらしい。とはいえ、効果は絶大だった。メッセージは明らかだ――おまえは金庫室に足を踏み入れつつある。

ふたりが進んでいくと、カウンターの向こうにいる大柄な男が顔をあげた。観ていた小型テレビのスイッチを切り、愛想《あいそ》のよい笑顔で迎える。隆々たる体軀《たいく》や目立つ上腕に似合わず、スイス銀行の従業員ならではの洗練された響きが声に漂っていた。

「ボンソワール」男は言った。「ご用件を承ります」

二か国語での挨拶《あいさつ》は、ヨーロッパで人を迎えるときの最新の社交術だ。さりげなく、好きなほうのことばで客が答えられるようにする。

ソフィーはどちらのことばでも答えず、ただ金色の鍵をカウンターに置いた。

男は顔を近づけてそれを見、すぐに姿勢をもどした。「承知いたしました。エレベーターは廊下の突きあたりです。お客さまが向かわれることを係に伝えておきます」

ソフィーはうなずき、鍵を手にとった。「何階かしら」

男は怪訝《けげん》な顔をした。「鍵を差しこめば、エレベーターはその階へまいりますが」

ソフィーは微笑んだ。「ああ、そうね」

ふたりの客が歩き去り、鍵を差し、エレベーターに乗りこみ、姿が見えなくなるまでの一部始終を、守衛は目で追った。エレベーターのドアが閉まるなり、受話器を手にとった。客の到着を伝える電話ではない。そんなことをする必要はなかった。いちばん外の入口で鍵が差しこまれると、自動的に金庫室の担当者へ連絡が届く仕組みになっている。

電話の相手は銀行の夜間支配人だった。呼び出し音が鳴るあいだに守衛はテレビをつけなおし、画面に目をやった。先刻観ていたニュースがちょうど終わるところだが、差し支えはない。例のふたつの顔がまだ映っている。

夜間支配人が電話に出た。「ウィ」

「問題が起こりまして」

「何があった」

「今夜、フランスの警察が男女の逃亡者を追っています」

「それで？」

「たったいま、そのふたりがここに来ました」

夜間支配人は小声で毒づいた。「わかった。わたしはムシュー・ヴェルネにすぐ連絡する」

守衛は電話を切り、ふたたび受話器を持ちあげた。こんどはインターポールへの通報だった。

エレベーターが上昇ではなく下降をしているのを感じて、ラングドンは一驚した。やっとドアが開いたとき、地下何階までおりたのか見当もつかなかった。何階だろうとかまわない。エレベーターから出られてほっとした。

なんとも手際よく、担当の係員がすでに出迎えにきていた。人のよさそうな年輩の男性で、しっかりプレスされたフランネルのスーツ姿だが、そのせいでなんとなく場ちがいに――ハイテクの世界に迷いこんだ旧世界の銀行員のように見えた。

「ボンソワール」係員は言った。「こんばんは。どうぞこちらへ。スィル・ヴー・プレ」返事を待たずにきびすを返し、細長い金属の廊下を颯爽《さっそう》と歩きはじめた。

ラングドンとソフィーは廊下を何度も曲がって進み、明滅する大型コンピューターの並ぶ大きな部屋をいくつか通り過ぎた。

「ヴォワシ」鋼鉄の扉の前で係員が言い、それをあけた。「こちらです」

ラングドンとソフィーが足を踏み入れたのは別世界だった。目の前の小さな部屋は高級ホテルの贅沢《ぜいたく》な客室を思わせる。金属の壁と鋲は姿を消し、東洋風の敷物や、深い色合いのオーク材の家具や、クッションのきいた椅子が置かれていた。部屋の中央にある幅広の机には、まだ泡のはじけているペリエの瓶が置かれ、クリスタルのグラスがふたつ並んでいる。その横では、白鑞《しろめ》製のコーヒーポットから湯気があがっている。

まるで時計仕掛けだな、とラングドンは思った。スイス人の得意技ということか。

係員は心得顔で笑みを浮かべた。「こちらへははじめてのご訪問ですね」

ソフィーはためらったが、うなずいた。

「お察しいたします。鍵《かぎ》は相続で受け継がれることが多く、当然ながら、はじめてのお客さまは手順に慣れていらっしゃいません」係員は飲み物の載ったテーブルを手で示した。「この部屋はお好きなだけ使っていただけます」

「鍵が相続されることはよくあるのですか」ソフィーは尋ねた。

「ええ。番号口座と同様、鍵もしばしば遺言によってつぎの代へ引き継がれます。ゴールド口座につきましては、金庫の最短貸し出し期間は五十年とさせていただいております。お支払いは前金でしてね。ですから、世代交代を目にすることは珍しくありません」

ラングドンは目をまるくした。「五十年だって？」

「最短でもです」係員は答えた。「もちろん、もっと長くお借りになることもできますが、五十年間一度も使われず、更新もされなかった場合は、金庫の中身が自動的に破棄されます。では、使い方をひととおりご説明いたしましょうか」

ソフィーはうなずいた。「お願いします」

係員は豪奢《ごうしゃ》な応接室全体を手で示した。「ここがお客さまの閲覧室となります。わたくしが部屋を出ましたら、必要なだけ時間をかけて、金庫の中身をご覧になるなり入れ替えるなりなさってください。金庫はこちらへ届けられます」そう言ってふたりを奥へ案内したところ、そこに幅広のコンベヤーベルトが部屋の外から滑りこんで、ゆるやかな曲線を描いていた。どことなく空港の手荷物引き渡し台に似ている。「この穴に鍵を入れて……」係員はコンベヤーベルトの前にあるディスプレイつきの入力装置を指さした。見覚えのある三角形の穴がある。「コンピューターが鍵を認識したあと、口座番号を入力なさいますと、下の保管室からお客さまの金庫が自動的に運ばれてきます。用をすまされましたら、金庫をコンベヤーベルトの上にもどして鍵をもう一度差しこむと、ベルトが逆に動いて保管室へ導かれます。すべて自動化されておりますから、お客さまの秘密は保たれ、従業員すら近づけません。ご用の節は、部屋の中央にあるテーブルの呼び出しボタンを押してください」

ソフィーが質問しようとしたとき、電話が鳴った。係員は困惑と動揺の表情を浮かべた。「失礼いたします」そう言って、コーヒーとペリエの近くに置かれた電話機へ近づいた。

耳を傾けるうちに、係員は眉間《みけん》に皺《しわ》を寄せた。「ウィ……ウィ……わかりました」電話を切り、こわばった笑みをふたりへ向ける。「申しわけありませんが、失礼しなくてはなりません。どうぞごゆっくりなさってください」そう言って出口《ダコール》へ急いだ。

「すみません」ソフィーは呼び止めた。「ひとつ確認したいんです。口座番号を入力するとおっしゃいましたね？」

係員は戸口で立ち止まった。顔が青ざめている。「もちろんです。大半のスイス銀行と同じで、わたくしどもの金庫は名義ではなく番号で管理されております。お客さまのほうは、鍵と、ご本人だけがご存じの口座番号をお持ちです。鍵は身元確認の半分の手段でしかありません。残りの半分は口座番号です。そのようにしませんと、鍵をなくした場合、だれでもその鍵を使えることになってしまいます」

ソフィーは躊躇《ちゅうちょ》した。「鍵をくれた人が口座番号を教えてくれなかったとしたら？」

係員は心臓が高鳴るのを感じた。だとしたら、お呼びじゃないってことだ！　そう思いながらも、落ち着いた笑顔で答えた。「お手伝いする者を呼びます。すぐにまいりますよ」

部屋から出ると、行員は扉を閉めて重い鍵をまわし、ふたりを中へ閉じこめた。

街の反対側の北駅でコレが待機していると、電話が鳴った。

ファーシュだった。「インターポールが情報を入手した。列車を追う必要はない。ラングドンとヌヴーはチューリッヒ保管銀行のパリ支店へはいったところだ。部下を連れてすぐそこへ行け」

「ソニエールがヌヴーとラングドンに伝えようとした内容はわかりましたか」

ファーシュは冷ややかに答えた。「逮捕すれば直接聞ける」

「アクソー通り二四番地ですね。ただちに向かいます」コレは電話を切り、部下たちへ無線で連絡をはじめた。

43

チューリッヒ保管銀行パリ支店長のアンドレ・ヴェルネは、銀行の上階にある華やかなフラットに住んでいた。そんな豪勢な暮らしをしているにもかかわらず、サン－ルイ島の川沿いに居を構えることをいつも夢見ていた。いまはただの金持ちとしか会えないが、そこへ引っ越せば本物の美術通たちと親睦《しんぼく》を深められる。引退したら、ワインセラーを値打ち物のボルドーでいっぱいにして、客間にはフラゴナールかブーシェの絵を飾り、カルチェ・ラタンでアンティーク家具や稀少本《きしょう》を探しまわる日々を過ごしたい、と思っていた。

今夜、ヴェルネは六分三十秒前に目を覚ましたばかりだった。にもかかわらず、銀行の地階の廊下を急ぐヴェルネのいでたちは、おかかえの仕立屋と美容師に仕上げをさせたかのようだ。非の打ちどころがないシルクのスーツ姿で歩きながら、口臭防止スプレーを口へ吹き入れ、ネクタイを締めなおす。時差のある国から訪れる客を迎えるためにしばしば起こされるヴェルネは、マサイ族の戦士を睡眠の手本としていた。それはアフリカの一部族で、どんなに深く眠っていても、ほんの数秒で完全な戦闘態勢へ変わることで知られている。

戦闘態勢か、とヴェルネは思い、今夜はそのたとえが的確すぎるのではないかと不安を覚えた。金色の鍵の持ち主が来るときはつねに細心の注意を払うべきだが、司法警察に手配されている金色の鍵の持ち主となると、この上ない慎重さが必要とされる。犯罪者であるという絶対の証拠がないかぎり顧客の秘密を守るという方針をめぐって、法執行機関とは何度も対立してきた。

五分間、とヴェルネは心に言い聞かせた。警察が着く前にふたりを外へ出さなくては。

迅速に対応すれば、さしあたっての面倒はうまく避けられるだろう。警察には、例の逃亡者たちはたしかに銀行へ来たが、口座番号がわからなくてすぐに立ち去ったと言えばいい。あのいまいましい守衛がインターポールへ通報しなければよかったのに。分別という単語は、時給十五ユーロの守衛の頭にはないらしい。

ヴェルネは戸口で立ち止まり、深呼吸して体の緊張を解いた。顔にさわやかな笑みを貼りつけてから、ドアの鍵をあけて、あたたかいそよ風のごとく部屋へ飛びこんだ。

「こんばんは」そう言って、目でふたりの姿を探した。「アンドレ・ヴェルネと申します。お手伝い――」言いかけたことばが喉仏《のどぼとけ》の下で止まった。目の前にいるのは、ここで会おうとは想像もしなかった女性だった。

「失礼ですが、以前お会いしたことがありますか」ソフィーは訊《き》いた。この銀行員に見覚えはないが、相手が一瞬、亡霊を見たかのような表情を浮かべたからだ。

「いえ……」ヴェルネは口ごもった。「それは……おそらくありません。わたくしどものサービスは匿名を旨としておりますから」息を吐き、落ち着いた笑みをつくろう。「係の者から聞きましたが、金色の鍵《かぎ》をお持ちで、口座番号をご存じないのですね。鍵を手に入れられたいきさつをお尋ねしてよろしいですか」

「祖父からもらいました」ソフィーは答え、相手を注視した。ますます不安げに見える。

「ほんとうですか？　おじいさまは鍵をお渡しになっただけで、口座番号をお伝えにならなかったのですか」

「時間がなかったんです」ソフィーは言った。「今夜殺されたもので」

それを聞いて、ヴェルネは後ろへぐらついた。「ジャック・ソニエールが死んだ？」目に恐怖の色が浮かんでいる。「しかし……どのように？」

こんどは、ソフィーが衝撃に呆然《ぼうぜん》とよろめく番だった。「祖父を知っていたの？」

ヴェルネも動揺のていで、テーブルによりかかって体を支えた。「親しい友人でした。いつの出来事ですか」

「数時間前です。ルーヴルの館内で」

ヴェルネは深い革椅子へ歩み寄り、そこに身を沈めた。「おふたりに大変重要な質問をさせていただきます」ラングドンを見て、ふたたびソフィーへ目をやる。「あなたがたのどちらかがジャック・ソニエールの死にかかわっていらっしゃるのですか？」

「いいえ！」ソフィーはきっぱりと答えた。「そんなことは絶対にありません」

ヴェルネは顔を険しくし、しばし黙考した。「あなたがたの写真が、インターポールによって各方面へ流されています。わたくしも見ました。殺人容疑で指名手配されています」

ソフィーは肩を落とした。ファーシュはもう手をまわしたのか。予想以上に執念深い。ソフィーはヴェルネにラングドンを紹介し、ルーヴルで今夜起こった出来事を手短に説明した。

ヴェルネは驚愕《きようがく》の面持ちを見せた。「では、亡くなる間際に、ミスター・ラングドンを探せということばをお残しになったと？」

「そうです。それとこの鍵を」ソフィーはヴェルネの前のコーヒーテーブルへ、紋章が下になるようにして金色の鍵を置いた。

ヴェルネは鍵を一瞥《いちべつ》しただけで、手を伸ばそうとはしなかった。「この鍵だけですか。ほかには？　紙切れのたぐいがあったのでは？」

ルーヴルであわてていたのはたしかだが、〈岩窟《がんくつ》の聖母〉の裏にはほかのものがなかったと断言できる。「いいえ。鍵だけです」

ヴェルネは力なくため息をついた。「当行の鍵は、パスワードとして機能する十桁《けた》の口座番号と対《つい》になっています。その番号がなければ、鍵は役に立ちません」

十桁。ソフィーは解読の可能性を計算して、暗澹《あんたん》たる気持ちになった。組み合わせは百億通り。司法警察の最も強力な並列処理コンピューターを使っても、解読には何週間もかかるだろう。「ムシュー、こんな状況ですから、助けてくださいますね」

「申しわけありません。ほんとうにお力になれないのです。当行のお客さまは、セキュリティのかかった方法でご自分の口座番号をお選びになりますから、番号はご本人とコンピューター以外に伝わりません。これは匿名性を守るための手段です。それに、従業員の安全のためでもあります」

ソフィーにもそれは理解できた。コンビニエンス・ストアと同じで、従業員は金庫の鍵を持っていない。何者かが鍵を盗み、口座番号を知るために従業員を人質にとるという事態を避けたいからだ。

ソフィーはラングドンの隣に腰をおろし、鍵に視線を落としてから、目をあげてヴェルネを見た。「祖父が何を預けていたのかをご存じではありませんか」

「まったくわかりません。銀行の貸金庫とは、そういうものです」

「ムシュー・ヴェルネ」ソフィーは強い口調で言った。「わたしたちには時間がないんです。ぶしつけな言い方になったらごめんなさい」金色の鍵に手を伸ばして裏返し、シオン修道会の紋章をあらわにしつつ、ヴェルネの目を見つめる。「この紋章に心あたりはありませんか」

ヴェルネは百合《ゆり》の紋章を見たが、なんの反応も見せなかった。「いいえ。もっとも、鍵に会社のロゴや頭文字をつけるかたは多くいらっしゃいますが」

ソフィーはヴェルネから視線をそらさないまま、深く息をついた。「これはシオン修道会という秘密結社の紋章です」

ヴェルネはなお反応を示さなかった。「何もわからないのです。おじいさまは友人でしたが、お互い、話題は仕事のことばかりで」ネクタイを直し、不安げに顔を曇らせた。

「ムシュー・ヴェルネ」ソフィーは強い口調のままつづけた。「祖父は午後にうちへ電話をかけてきて、自分とわたしが重大な危険にさらされていると言いました。渡したいものがあるということでした。それがこの鍵です。そして、祖父は死にました。どんなことでも教えてくだされば助かります」

ヴェルネは汗をにじませた。「まず、この建物から出なくては。すぐに警察が来ます。守衛がインターポールに通報しました」

いまさらその程度のことに怯《おび》えていられない。ソフィーは最後にひとつ尋ねた。「祖父は、わたしの家族にまつわる真実を伝えなくてはならないとも言いました。何か思いあたることはありませんか」

「マドモワゼル、ご家族はあなたが幼いころに自動車事故で亡くなられました。お気の毒です。おじいさまがあなたを心から愛しておられたことは存じています。音信不通になってしまったことが大変つらいと、何度か漏らされました」

ソフィーはどう答えたらいいかわからなかった。

ラングドンが尋ねた。「金庫の中身は〝サングリアル〟と関係があるのではないでしょうか」

ヴェルネは不思議そうな顔をした。「わたくしはそのことばの意味さえ知りません」

そう答えたとたん呼び出し音が鳴り、ベルトから携帯電話をつかみとった。「ウィ？」すぐさま、驚きと不安の色が顔にひろがる。「警察《ラ・ポリス》？　こんなに速く《スイ・ラピドマン》？」毒づいたあと、フランス語ですばやく指示を出し、ロビーへすぐに行くと言った。

電話を切ると、ヴェルネはソフィーに向きなおった。「警察の動きがふだんよりはるかに迅速でした。もう着いたそうです」

ソフィーは空手では出ていかないつもりだった。「警察には、わたしたちがすでに立ち去ったと言ってください。行内を探したいと言われたら、捜索令状の呈示を要求すればいい。時間を稼げます」

「ジャックは友人でしたし、当行はこの種の圧力には屈しません。ですから、わたくしもこの場での逮捕を許す気はありませんよ。しばらくお待ちください。悟られずに外へ出る方法を検討します。脱出後についてはお力になりかねますが」ヴェルネは立ちあがって、戸口へ歩きはじめた。「ここにいてください。手筈《てはず》を整えてすぐにもどります」

「でも、金庫が」ソフィーは大声で言った。「このまま出ていくわけにはいかないわ」

「わたくしにはどうにもならないのです。申しわけありません」ヴェルネは言い、早足でドアから出た。

ソフィーはその後ろ姿を目で追いながら考えた。口座番号は、何年にもわたって祖父から送られたまま開封していない無数の手紙や小包のなかに眠っているのだろうか。

そのとき、ラングドンがやにわに立ちあがった。信じられないことに、その目には自信に満ちた輝きがある。

「ロバート、何を笑ってるの」

「ミスター・ソニエールは天才だ」

「なんですって？」

「十桁だろう？」

ソフィーは何を言われているのか見当もつかなかった。

「口座番号だ」ラングドンは言った。ほんの少しゆがんだ楽しげな笑みが顔をよぎる。「しっかり残してくれたんだよ」

「どこに？」

ラングドンは犯行現場の写真のプリントアウトを取り出し、コーヒーテーブルの上にひろげた。一行目を見ただけで、ソフィーはラングドンの正しさを悟った。

13-3-2-21-1-1-8-5

おお、ドラコンのごとき悪魔め！

おお、役に立たぬ聖人め！

Ｐ．Ｓ．ロバート・ラングドンを探せ

44

「十桁《けた》ね」写真を見ているうち、ソフィーの暗号学者魂が疼《うず》いた。

13-3-2-21-1-1-8-5

ルーヴルの床に口座番号を書いたんだわ！

寄せ木張りの床に殴り書きされたフィボナッチ数列をはじめて目にしたときは、司法警察が暗号解読課に連絡するように仕向け、この自分を捜査にかかわらせることだけが目的だと思った。その後、この数字はほかの行を読み解く鍵《かぎ》でもあると気づいた——これは順序の乱れた数列、すなわち数字のアナグラムである、と。そして、さらに重要な意味が隠されていたことを知り、いまや大きな驚きを禁じえない。この数字は、祖父の遺《のこ》した謎の貸金庫をあける最後の鍵にちがいない。

「祖父は多義語を操る達人だった」ソフィーは言い、ラングドンを振り返った。「どんなものにも何重もの意味を持たせるのが好きだったの。暗号の奥にまた暗号、という感じで」

ラングドンはすでにコンベヤーベルトの前の入力装置へと歩いている。ソフィーはプリントアウトをつかんであとにつづいた。

入力装置は銀行のATM端末と同じで、小さなキーパッドがついていた。ディスプレイ画面にはこの銀行の十字のロゴが映っている。キーパッドの脇には、三角形の穴があいている。ためらうことなく、ソフィーは鍵を穴へ差しこんだ。

すぐに画面が切り替わった。

口座番号――□□□□□□□□□□

カーソルが点滅した。入力を待っている。

十桁。ソフィーが番号を読みあげ、ラングドンがキーを叩《たた》いた。

口座番号――1332211185

最後の数字を打ち終わると、ふたたび画面が替わった。数か国語の表示が現れた。いちばん上は英語だ。


〈警告〉

入力キーを押す前に、口座番号が正しいことをご確認ください。

コンピューターがあなたの口座番号を認識できなかった場合、保安上の理由から、システムが自動的に終了します。


「終了機能《フォンクション・テルミネ》ね」ソフィーは言い、眉《まゆ》をひそめた。「チャンスはあと一度だけらしいわ」通常のATMなら、暗証番号を三回まちがえるとカードを没収される。しかし、これはどう見てもふつうのATMではない。

「番号は正しいはずだ」ラングドンは画面に残った数字を注意深く見て、紙と照らし合わせた。それから入力キーを手で示した。「さあ、押して」

ソフィーは人差し指をキーパッドへ伸ばしたが、奇妙な感覚に襲われて手を止めた。

「急ぐんだ。ヴェルネがすぐもどってくる」

「ちがうと思う」ソフィーは手を引っこめた。「この番号は正しくないわ」

「正しいさ！　十桁だ。ほかにありえないじゃないか」

「でたらめすぎるのよ」

でたらめすぎる？　とんでもない言い草だとラングドンは思った。どんな銀行も、他人にたやすく推測させないために、でたらめな数字の組み合わせを暗証番号に選ぶよう勧めるものだ。とりわけ、この銀行の顧客は強く言われているにちがいない。

ソフィーは入力された数字をすべて削除し、確信に満ちた目でラングドンを見た。「でたらめな口座番号を並べ替えるとフィボナッチ数列になるなんて、偶然にしてはできすぎてるわ」

ラングドンは納得した。ソフィーはこの数字群をうまく並べ替えてフィボナッチ数列を作ったわけだが、そんな芸当をできる確率がどれほどのものだというのか。

ソフィーはふたたびキーパッドに向かい、何も見ずに別の番号を打ちこんだ。「それに、象徴と暗号を愛する祖父のことだから、自分にとって意味があり、しかも覚えやすい番号を選ぶほうが自然だと思う」入力を終え、かすかに顔をほころばせる。

「一見でたらめで……実はちがう番号をね」

ラングドンは画面に目をやった。

口座番号——1123581321

一瞬とまどったものの、意図がわかると、ソフィーの言うとおりだと思った。

フィボナッチ数列だ。

1—1—2—3—5—8—13—21

これらの数が区切れ目なしに並んで、十桁のひとつながりの番号となってしまうと、それがフィボナッチ数列だと見破ることは不可能に等しい。記憶しやすいにもかかわらず、でたらめに見える。ソニエールがけっして忘れることのない、みごとな十桁の暗号だ。そして、ルーヴルの床に記されていた数字を並べ替えるとこの有名な数列になる理由も、これで完璧《かんぺき》に説明がつく。

ソフィーは指をおろし、入力キーを押した。

何も起こらなかった。

少なくとも、ふたりの目にはそう映った。

その瞬間、さらに地下深くにある金庫室で、自動の鉤爪《かぎづめ》が動きはじめた。天井に取りつけられた二本の軸からなる移動装置を滑って、鉤爪は所定の位置へ向かった。コンクリートの床には、何百という同じ形のプラスチックのケースが巨大な格子状に整然と並んでおり、さながら地下室に並んだ小さな棺《ひつぎ》の列のようだった。

鉤爪はめざす位置の上方で音を立てて止まり、それから下降して、内蔵カメラでケースのバーコードを読みとった。そして、正確なコンピューター制御により、太い取っ手をつかんでケースを垂直に持ちあげた。別の装置が作動して、鉤爪はケースを金庫室の端まで運び、静止したコンベヤーベルトの上で止まった。

回収用の腕がケースをつかんでゆっくりおろし、やがて引っこんだ。

コンベヤーベルトがうなりを立てて動きはじめる……

その上階で、ソフィーとラングドンはコンベヤーベルトが動くのを見て安堵《あんど》のため息をついた。手荷物引き渡し台で謎の荷物を待ち受ける疲れきった旅行者の気分だった。

コンベヤーベルトは、右側にある扉の下のせまい隙間から室内へ通じている。金属製の扉が開き、仰々しいケースがコンベヤーベルトに載って現れた。黒くて分厚いプラスチック製で、ソフィーが想像していたよりもはるかに大きい。空気穴のない、飛行機のペット用コンテナのようだ。

ケースはふたりの前まで流れてきて止まった。ラングドンとソフィーは無言でそれを見守った。

この銀行のあらゆるものと同じく、無機的なケースだ——金属製の留め具、上面に貼られたバーコードのシール、頑丈な鋳鉄の取っ手。巨大な工具箱をソフィーは連想した。

すぐさま、ソフィーは目の前のふたつの留め具をはずした。それからラングドンへ視線を向ける。いっしょに重い蓋《ふた》を持ちあげ、後ろへ倒した。

ふたりはケースへ一歩近づき、中をのぞきこんだ。

はじめ、ソフィーは空だと思った。つぎの瞬間、何かが底に置かれているのが目にはいった。ひとつだけだ。

それは靴箱程度の大きさのつややかな木箱で、装飾を施した蝶番《ちようつがい》がついていた。表なんて重いの！

面は光沢のある赤紫色で、木目がはっきり見てとれる。紫檀《したん》だ、とソフィーは思った。祖父が大好きなものだ。蓋には優美な薔薇《ばら》の模様の象嵌《ぞうがん》細工がある。ふたりはとまどいの視線を交わした。ソフィーは身を乗り出し、その箱をつかんで引きあげた。

ソフィーは箱を注意深く持って、大きなテーブルに置いた。ふたりはその前に並んで立ち、ジャック・ソニエールから託された小さな宝箱を凝視した。

そこに彫りこまれた象嵌細工を、ラングドンは驚嘆しつつながめた。五弁の薔薇だ。同じ形のものを幾度も見たことがある。「五弁の薔薇」小声で言う。「シオン修道会における聖杯の象徴だよ」

視線を返すソフィーを見て、ラングドンはその胸中を察することができた。自分も同じことを考えていた。箱の大きさ、推測できる中身の重さ、そして聖杯を意味するシオン修道会の象徴。すべてが途方もない答を暗示している。キリストの聖杯――文字どおり杯がこの木箱のなかにあるというのか。そんなはずはない、とラングドンはあらためて自分に言い聞かせた。

「大きさはぴったりよ」ソフィーはささやいた。「杯を入れるのに」

杯のはずがない。

ソフィーは箱をあけようとして、手前へ引き寄せた。ところが、その瞬間、まったく予想外のことが起こった。水の流れを思わせる奇妙な音が箱から響いたのだ。

ラングドンは思わず箱に目を凝らした。中に液体が？

ソフィーも困惑していた。「聞こえた？」

ラングドンはわけのわからないままうなずいた。「液体だ」

ソフィーは手を伸ばし、留め具をはずして蓋を持ちあげた。

箱の中身は、ラングドンがこれまで見たことのないものだった。しかし、ふたりともすぐに確信した。これはどう見ても杯ではない。

45

「警察が道路を封鎖しています」アンドレ・ヴェルネが部屋へ歩み入って言った。「あなたがたを外へ出すのは簡単ではありません」コンベヤーベルトに頑丈なプラスチックのケースが載っているのが目にはいり、思わず足が止まった。まさか！　どうやってソニエールの金庫を？

ソフィーとラングドンはテーブルに体を乗り出して、大きな木製の宝石箱のようなものに見入っている。すぐさまソフィーが蓋を閉め、顔をあげた。「どうにか番号がわかりました」

ヴェルネはことばを失った。こうなると話がちがってくる。礼儀正しく木箱から目をそらし、つぎにどうすべきかを考えた。ここから追い出さなくては！　だが警察に道をふさがれていては、思いつく方法はたったひとつだった。「マドモワゼル・ヌヴー、もし無事に脱出できるとして、その品はお持ちになりますか、それとも金庫へもどされますか？」

ソフィーはラングドンを一瞥《いちべつ》し、ふたたびヴェルネを見た。「持っていきます」

ヴェルネはうなずいた。「了解しました。では、廊下を移動するあいだはそれを上着の下に隠してください。だれにも見られないように」

ラングドンが上着を脱ぐあいだに、ヴェルネは早足でコンベヤーベルトへ近寄り、空になったケースの蓋を閉めて、簡単なコマンドをいくつか打ちこんだ。ベルトが動きはじめ、ケースを地下の金庫室へと運んでいく。ヴェルネは金色の鍵《かぎ》を抜きとって、ソフィーへ返した。

「こちらへどうぞ。お急ぎください」

建物の裏手にある荷積み場に着くと、地下駐車場から明滅する光が漏れてくるのが見えた。ヴェルネは顔をしかめた。警察は出口の傾斜路でも待ち構えているだろう。ほんとうに自分は実行できるだろうか、と汗を流しつつ思った。

ヴェルネは銀行の小型装甲トラックを手で示した。確実な輸送《トランスポール・シュール》は、チューリッヒ保管銀行が提供するもうひとつのサービスだった。「荷室へ乗ってください」重い後部ドアを開いて、つややかに光る金属に囲まれた空間を指した。「すぐにもどります」

ソフィーとラングドンが乗りこむあいだに、ヴェルネは荷積み場の監視室へと走り、中にはいってトラックの鍵をとるとともに、運転手用の制服の上着と帽子を見つけた。すぐに自分のブレザーを脱いでネクタイをはずし、制服に袖《そで》を通したが、そこで一考し、上着の下にショルダーホルスターをつけた。銃架から運転手用の拳銃《けんじゅう》をつかみとり、弾倉を押しこんでからホルスターに入れて、上着のボタンを留める。トラックへ引き返したあと、運転手の帽子を目深にかぶって、広々とした荷室をのぞきこんだ。ふたりは中で立ちつくしている。

「これはつけておきましょう」ヴェルネは言い、内側の壁へ手を伸ばして、天井にひとつだけある車内灯のスイッチを入れた。「すわってください。門を出るまで物音を立てたくありませんから」

ソフィーとラングドンは金属の床に腰をおろした。ラングドンは木箱をツイードの上着の下にかかえ持っている。ヴェルネは重いドアを閉め、外から施錠した。そして運転席に着き、一気に発進した。

装甲トラックが出口へ近づくにつれ、ヴェルネはすでに帽子のなかに汗を感じていた。見えてきたパトカーの明かりの数は、予想よりもはるかに多い。傾斜路をのぼると、第一のゲートが手前に開いた。トラックを前進させ、背後でゲートが閉まるのを待ったあと、ふたたび進んでつぎのセンサーを作動した。二番目のゲートが開くと、出口はすぐそこだった。

あとは出口をふさぐパトカーだけだ。

ヴェルネは額をぬぐい、さらに進んだ。

やせ形の警官が現れ、検問用の柵《さく》の数ヤード手前で、停止せよと合図を送ってきた。外にはパトカーが四台停まっている。

ヴェルネはブレーキを踏んだ。帽子をさらに引きおろし、生来の柔らかな物腰が許すかぎりのがさつさを装った。運転席に腰を据えたままドアをあけ、きびしく血色の悪い顔をした警官を見おろした。

「何があったんだい《ケス・キ・ス・パス》」ヴェルネは乱暴な口調で尋ねた。

「ジェローム・コレ」警官は言った。「司法警察の警部補《リュートナン・ポリス・ジュディシエール》だ」トラックの荷室を指さす。「中には何がある?《ケスキリヤ・オ・ドゥダン》」

「知るもんか」ヴェルネはぞんざいなフランス語で答えた。「ただの運転手だからな」

コレは淡々としている。「犯罪者をふたり探しているんだが」

ヴェルネは笑い飛ばした。「じゃ、ここへ来たのは正解だ。日ごろおれが乗っける連中のなかには、しこたま金を貯めこんでるのが何人かいる。そいつらはきっと犯罪者だぜ」

コレはラングドンのパスポート写真を見せた。「今夜この男を見なかったか」

ヴェルネは肩をすくめた。「さあね。おれは荷積み場のネズミなんだよ。お客のそばになんて近寄らせてもらえねえ。中へ行って、受付のやつに訊《き》けよ」

「この銀行は捜索令状がないと館内へはいれない」

ヴェルネはうんざりした表情を見せた。「連中のやりそうなことだな。おれのほうはなかなか出してもらえねえんだ」

「荷室をあけてくれるか」コレはトラックの後部を示した。

ヴェルネは相手を見つめ、軽蔑《けいべつ》するかのような笑いを漏らした。「荷室をあける？おれが鍵を持ってると思うのかい。そこまで信用されてるとでも？屁《へ》みてえな給料なのを知ってるか」

コレは首をかしげ、疑惑の顔つきを露骨に見せた。「自分のトラックの鍵がないって？」

「荷室のやつはねえよ。おれが持ってるのはイグニッション・キーだけだ。トラックは荷積み場で監視係にしっかり封をされる。その場で待機して、まず鍵だけが目的地へ配送されるんだ。鍵が届いたって連絡が先方から来たら、出発していい。それより一秒早くてもだめだ。自分が何を運んでるかなんて、見当もつかねえさ」

「このトラックが封印されたのはいつだ」

「何時間か前だろうよ。夜のうちにサン・トゥリアルまで行く。鍵はもう先方にあるらしい」

コレはなんの返事もせず、ヴェルネの心を探るように見つめた。

汗のしずくがいまにもヴェルネの鼻を流れ落ちそうだ。「それじゃ、出ていいかい」

そう言って袖で鼻をぬぐい、道をふさぐパトカーのほうへ手を振った。「時間がねえもんでな」

「運転手はみんなロレックスをはめているのか」コレは尋ね、ヴェルネの手首を指さした。

ヴェルネは視線を落とし、上着の袖口で輝くとびきり高級な腕時計を一瞥した。

「このがらくたか？　サン・ジェルマン・デ・プレの台湾人の屋台で、二十ユーロで買ったんだよ。あんた、四十で買わねえか」

コレはひと息つき、ついに後ろへさがった。「いや、けっこうだ。安全運転しろよ」

ゆうに五十ヤード離れてから、ヴェルネはようやく呼吸をした。だが、別の問題が持ちあがった。後ろの積み荷。どこへ運べばいい？

46

シラスは部屋でキャンバス地のマットにうつ伏せになり、背中にひろがる鞭《むち》の傷を乾かしていた。今夜二度目の苦行を終え、めまいと脱力感に襲われている。まだシリスのベルトを身につけたままで、腿《もも》の内側を血が流れ落ちるのが感じられる。それでも、はずす気にはなれなかった。

自分は教会を裏切った。

さらに悪いことに、司教を裏切った。

今夜は、アリンガローサ司教にとって救いの夜となるはずだった。五か月前、ヴァチカン天文台での会合で何かを告げられ、もどってきた司教は別人のごとく変わっていた。司教は何週間も思い悩んだすえ、会合の内容をシラスに打ち明けた。

「そんなばかな！」シラスは叫んだ。「納得できません！」

「事実なのだよ」司教は言った。「信じがたいが、事実だ。あと六か月しかない」

司教のことばに、シラスは戦慄《せんりつ》した。救いを求めて祈りつづけ、暗澹《あんたん》として毎日を過ごしたが、それでも神と〝道〟を信じる思いはけっして揺るがなかった。そしてわずか一か月後、奇跡的に雲が割れ、隙間から希望の光が差した。

神の力だ、と司教は言った。

司教ははじめて手応《てごた》えを感じたらしかった。「シラスよ、神は〝道〟を守る機会を与えてくださった。わたしたちの戦いは、あらゆる戦いの常で、犠牲をともなう。おまえには神の戦士となる気があるだろうか」

シラスはアリンガローサ司教の前に――かつて自分に新しい生命を与えた男の前に――ひざまずいて答えた。「わたしは神の小羊です。あなたの心が命じるままにお導きください」

どんな機会が訪れたかについて司教が説明すると、シラスは神の御手《みて》が働いたと確信した。奇跡だ！　司教はシラスに、この計画を持ちかけてきた男――導師と名乗る男――と連絡をとらせた。シラスは導師と一度も顔を合わせず、電話を通しての交流ばかりだったが、相手の信仰の深さと大きな力に畏怖《いふ》の念を覚えた。すべてを知りつくし、あらゆる場所に目と耳を持つ男だった。どのように情報を集めているかはわからないものの、アリンガローサ司教は導師に絶大な信頼を置いており、シラスにもそうするよう命じた。「導師の指示に従いなさい。そうすればわたしたちは勝利する」

勝利か。いま、シラスはむき出しの床を見つめながら、勝利が自分たちの手から逃げたと感じていた。導師は欺かれた。キー・ストーンは巧妙な袋小路であり、すべての望みが消え失《う》せた。

司教に電話をかけて警告したかったが、今夜はじかに連絡をとるすべての手段を導師が排除していた。互いの安全のために。

激しい不安をようやく抑えつけると、シラスはどうにか立ちあがって、床に落ちていた法衣を見つけた。そのポケットから携帯電話を出す。屈辱にうなだれて、番号を押した。

「導師」シラスは小声で言った。「すべて失敗でした」そして、だまされたいきさつを正直に話した。

「自信を失うのが早すぎるぞ」導師は答えた。「さっき情報が手にはいった。まったく予期していなかった、よい知らせだ。秘密はまだ生きている。ジャック・ソニエールは死の直前にほかの者へそれを伝えていた。すぐに電話をする。今夜のわれわれの仕事はまだ終わっていない」

47

装甲トラックの薄暗い荷室に居すわるのは、独房に入れられたまま運ばれるも同然だった。ラングドンは、せまい場所に閉じこめられるたびに頭をもたげるいつもの恐怖と戦っていた。ヴェルネは市外の安全な場所まで行くと言っていたが、どこへ向かうつもりなのか。どれくらい遠くへ?

金属の床に脚を組んですわっていたせいで痺《しび》れを感じ、体勢を変えると血がかよってむずがゆくなった。腕には、銀行から持ってきた風変わりな箱をまだかかえている。

「ハイウェイに乗ったんじゃないかしら」ソフィーがつぶやいた。

ラングドンも同じことを考えていた。トラックは銀行の出口でしばらく停まって気をもませたあと、ひたすら走りつづけ、一、二分おきに左へ右へとカーブを切っていたが、いまは全速力で飛ばしているらしい。足もとで、防弾タイヤがなめらかな舗装道路をこすって低い音を奏でている。ラングドンは腕のなかの紫檀《したん》の箱へ注意をもどし、上着を開いてそれを床に置いたのち、手前へ引き寄せた。ソフィーが近くへ来て、ふたりは隣り合ってすわった。突然、ラングドンは自分たちがクリスマスプレゼントに群がる子供になった気がした。

　暖色の紫檀の箱そのものとは対照的に、象嵌《ぞうがん》細工の薔薇《ばら》はトネリコとおぼしき淡い色の木からできていて、ほの暗い光のなかでも鮮明に輝いている。薔薇。この象徴のもとにいくつもの軍隊や教団、そして秘密結社が結成された。たとえば、薔薇十字騎士団。

「さあ」ソフィーが言った。「あけて」

　ラングドンは深く息を吸った。蓋《ふた》へ手を伸ばし、精巧な細工にもう一度賛嘆の視線を浴びせたあと、留め金をはずして蓋をとり、中身をあらわにした。

　この箱から何が見つかるのか、ラングドンはさまざまな幻想をいだいたものだが、まるで見当ちがいだった。分厚く詰め物をした深紅の絹地の上に、なんとも形容しがたい物体が安置されていた。

　それは磨きあげられた白い大理石で作られた円筒で、テニスボールの缶ぐらいの大きさだった。だが一本の単純な構造の石柱ではなく、いくつもの部品から成り立っているらしい。細い真鍮《しんちゅう》の枠のなかに、五個のドーナツ大の大理石の円盤が重ねられている。さながら、複数の回転筒が組み合わされた万華鏡だ。円筒の両端には、やはり大理石でできた蓋がついているので、内部を見ることはできない。液体の流れる音が聞こえたわけだから、中空の構造だろうとラングドンは思った。

作りも謎めいているが、さらに目を引くのは側面の模様だった。五個の円盤には、どれも同じく、意外な文字列——アルファベット二十六文字——がていねいに彫りこまれている。それを見てラングドンは、子供のころ遊んだおもちゃを思い出した——文字の記された歯車がいくつか棒にはまっていて、回転させるといろいろな単語を綴《つづ》れるものだ。

「これはびっくりね」ソフィーがささやいた。

ラングドンは顔をあげた。「わけがわからない。いったいこれはなんだろう」

するとソフィーは目を輝かせた。「祖父は趣味でこれをよく作ってたわ。ダ・ヴィンチが発明したものだそうよ」

薄明かりのなかでも、ソフィーにはラングドンの驚きが見てとれた。

「ダ・ヴィンチ?」ラングドンは小声で言い、円筒へ視線をもどした。

「そう。〝クリプテックス〟というの。ダ・ヴィンチの秘密の日記に設計図が書かれていると祖父は言ってたわ」

「何に使うためのものだい」

今夜の出来事を考えると、その問いへの答には重大な意味があるとソフィーは気づいていた。「保管するのよ。極秘の情報を」

ラングドンは目を瞠《みは》った。

ダ・ヴィンチの発明を模型化することは祖父が最も愛した趣味だった、とソフィーは説明した。手先が器用だったジャック・ソニエールは、よく作業場に何時間もこもって、古《いにしえ》の名匠が考案したものを木や金属で再現していたという。模造したのは、ロシアの金細工師ファベルジェやクロワゾンネ七宝の職人たち、そして芸術性よりも実用性にはるかにまさるレオナルド・ダ・ヴィンチの作だった。

ダ・ヴィンチの日記をざっと見れば、その稀有《けう》の才能に劣らず、完遂能力の低さについても広く知られている理由がわかる。ダ・ヴィンチには、描いただけで制作に移さなかった設計図が何百枚もあった。ソニエールの休日の楽しみのひとつは、ダ・ヴィンチのあまり知られていない思いつきを具体化することだった。計時器、水ポンプ、クリプテックス。中世フランスの騎士の精密な模型さえ作り、それは執務室の机の上に堂々と立っている。解剖学と運動学への興味の表れとしてダ・ヴィンチが一四九五年に設計したそのロボットの騎士は、正しい位置に関節と腱《けん》を備え、腰を曲げたり、手を振ったり、首をひねって頭を動かしたり、正確な形状の顎《あご》を上下したりすることができる。鎧《よろい》を身につけたその騎士こそ、祖父がこれまで作ったなかで最も美しいとソフィーは信じていた……この紫檀の箱に眠っていたクリプテックスを見るまでは。

「わたしが子供のころ、似たものを作ってくれたことがあるわ」ソフィーは言った。

「だけど、こんなに凝っていて大きいのは見たことがない」

ラングドンは箱から目を離せなかった。「クリプテックスなんて聞いたことがないな」

ソフィーは驚かなかった。案だけで終わったダ・ヴィンチの発明の大半は研究されていないし、名前さえついていない。クリプテックスという名前は、おそらく祖父の造語だろう。暗号術《クリプトロジー》を使って、内蔵の書《コデックス》に記された情報を守る道具の名として、ぴったりではないだろうか。

ダ・ヴィンチは暗号学の草分けだが、その面を正しく評価されることは少ない。ソフィーの大学時代の指導教官たちは、データを保護するためのコンピューターの暗号化技術についてあれこれ解説し、ジマーマンやシュナイアーといった現代の暗号研究者たちを讃《たた》えたものだが、何世紀も昔にダ・ヴィンチが公開鍵《かぎ》暗号法の原形を編み出したことには言い及ばなかった。ソフィーにそれを教えたのは、むろん祖父だった。

クリプテックスは極秘のメッセージを遠隔地へ届けるという難題を解決するためにダ・ヴィンチが考案したものだと、ソフィーはラングドンに説明した。電話もEメールもない時代には、遠くにいる人物に何かを伝えたいとき、親書にして使者に託すしかなかった。しかし、価値の高い情報が記されていると使者が察知し、指定どおり届けずに敵方に売って大きな利益を得たことも、残念ながらしばしばあった。

歴史上の多くの天才たちが、情報を保護するための暗号を生み出したと言われている。ジュリアス・シーザーは〝シーザーの箱〟と呼ばれる転置式暗号を考案した。スコットランド女王メアリーは換字式暗号を作り、獄中からひそかに声明を発した。アラブのすぐれた科学者アブー・ユースフ・イスマーイール・アル‐キンディーは、複式換字法の基本を巧みに考え出して自分の機密を守った。

けれども、ダ・ヴィンチは数学や暗号を使わずに道具での解決を試みた。クリプテックス。手紙でも地図でも図式でも、あらゆるものを保護して持ち運べる容器だ。クリプテックスに情報を入れて閉めてしまえば、正しいパスワードを知る者しかあけることができない。

「パスワードが要るわ」ソフィーは言い、文字の刻まれた円盤を指さした。「自転車の組み合わせ錠と同じ仕組みよ。ダイヤルを正しい位置にそろえると解錠するの。これには五文字のダイヤルがついてる。回転させて正しい配列に並べると、内側の歯車が一直線にそろって、円筒全体がはずれるってわけ」

「で、内部はどうなってるんだ」

「円筒をはずすと、中の空間に、大事なことを書いた巻紙がはいってるの」

ラングドンはいぶかしげな顔になった。「きみが子供のころ、これをミスター・ソニエールに作ってもらったというのか」

「もっと小さいものだったけどね。誕生日にクリプテックスをくれて、謎掛けをするの。謎の答がそのままパスワードになっていて、解錠すると誕生カードがはいってたわ」

「カード一枚のために、ずいぶん手がこんでるな」

「そのカードにも別の謎や手がかりが書いてあるのよ。祖父は家じゅうを使ってむずかしい宝探しを仕掛けるのが大好きで、順番に手がかりを解けば最後に本物の贈り物にたどり着くようにしてくれた。それはわたしの精神力の強さを測る試験で、かならずご褒美をもらえた。だけど、その試験が簡単だったことはないわ」

ラングドンはまだ腑《ふ》に落ちない様子でその容器にふたたび目をやった。「でも、こじあければいいじゃないか。あるいは、叩《たた》き割ってもいい。金属の部分は弱そうだし、大理石はそう硬くない」

ソフィーは微笑んだ。「ダ・ヴィンチのほうが上手《うわて》よ。力ずくであけようとすれば、情報はひとりでに消えてしまうの。見て」箱に手を伸ばし、クリプテックスを注意深く持ちあげた。「情報を書きこむのはパピルスなの」

「羊皮紙だろう?」

ソフィーはかぶりを振った。「パピルスよ。たしかに羊皮紙のほうがじょうぶだし、当時広く使われていたけれど、これはパピルスじゃないとだめなのよ。薄ければ薄いほどいい」

「それで?」

「クリプテックスのなかへ入れる前に、小さくて割れやすいガラス瓶にパピルスを巻きつけるの」ソフィーがクリプテックスを傾けると、液体の揺れる音が聞こえた。

「瓶には液体がはいってる」

「なんの液体だ」

ソフィーはかすかに笑った。「酢《ビネガー》よ」

ラングドンは一瞬とまどったが、すぐにうなずいた。「考えたな」

ビネガーとパピルス。クリプテックスを壊そうとすれば、ガラス瓶が割れ、あっという間にビネガーがパピルスを溶かしてしまう。隠された文書を取り出すころには、それは意味不明の繊維の塊でしかない。

「そういうわけで、中の情報を取り出すには、正しい五文字のパスワードを知るしかないの。五個のダイヤルに二十六文字ずつ刻まれてるから、二十六の五乗の組み合わせがある」ソフィーはすばやく暗算した。「約千二百万通りね」

「そうか」脳裏に千二百万個の質問が渦巻いているような顔つきで、ラングドンは言った。「どんな情報がここにはいってると思う?」

「祖父がなんとしても秘密にしようとしたものだってことはたしかだわ」ソフィーはことばを切り、箱の蓋を閉じて五弁の薔薇《ばら》の細工を見つめた。どうも引っかかる。

「さっき、薔薇は聖杯の象徴だって言ったわよね」

「そうだ。シオン修道会では、薔薇は聖杯を意味する」

ソフィーは眉根《まゆね》を寄せた。「変ね。祖父は、薔薇は秘密を意味するといつも言ってたの。内密の電話をかけていてわたしに邪魔されたくないときは、書斎のドアに薔薇の花を飾ったものよ。わたしにも同じようにしなさいと勧めた」秘密を守りたいときは、鍵をかけるのではなく、薔薇の花を——〝秘密の花《ラ・フルール・デ・スクレ》〟を——ドアに飾ろう、と祖父は言っていた。そうすれば、お互いを敬い、信頼し合えるからな。薔薇を飾るのは古代ローマの習慣だよ。

「薔薇の下《スブ・ロサ》」ラングドンは言った。「古代ローマ人は会議のあいだに薔薇を上から吊《つる》して、それが極秘の集まりであることを示したんだ。出席者は、薔薇の下で語られたことはけっして口外してはならないと了解していた」

シオン修道会において薔薇が聖杯の象徴として使われているのは、秘密めいた含みがあるからだけではない、とラングドンは説明した。薔薇の最古の品種のひとつである浜梨《ロサ・ルゴサ》は、花びらが五枚で五角形の対称性を備えており、導きの星である金星と同じく、図像学的に〝女性〟との強い結びつきがある。また、薔薇は〝正しい方向〟や〝人を導く〟という概念とも深いつながりを持つ。羅針図《コンパス・ローズ》は旅人を導くものであり、子午線《ローズ・ライン》も助けになる。こうした理由から、秘密、女性、導きなど、多くの意味合いで薔薇は聖杯を表している。秘められた真実へといざなう聖なる女性、導きの星というわけだ。

説明を終えると、ラングドンは急に顔をこわばらせた。

「ロバート。だいじょうぶ？」

ラングドンの目は紫檀《したん》の箱に釘《くぎ》づけになっていた。「スブ……ロサ」ひどくうろたえた顔つきで息を詰まらせる。「信じられない」

「何が？」

ラングドンはゆっくり目をあげた。「薔薇の印の下……」小声で言う。「このクリプテックス……中身がわかった気がする」

48

ラングドンはおのれの思いつきがとても信じられなかったが、だれが、どのようにしてこの石の筒を自分たちに託したかを考え、木箱に刻まれた薔薇を見るかぎり、導き出される結論はひとつしかなかった。

これはシオン修道会のキー・ストーンだ。

伝承はこう述べている。

要石《キー・ストーン》は、薔薇の印の下に横たわる、暗号を秘めたる石なり。

「ロバート」ソフィーが見つめている。「どうしたの？」

考えをまとめるのに少し時間がかかった。「ミスター・ソニエールが〝クレ・ド・ヴット〟というものについて話したことはなかったかな」

「金庫室の鍵《キー・オブ・ヴォールト》？」ソフィーは英訳した。

「まあ、そう訳せないこともないけどね。〝クレ・ド・ヴット〟はよく使われる建築用語なんだ。〝ヴット〟——英語の〝ヴォールト〟には、〝金庫室〟のほかに〝アーチ形天井〟という意味もある」

「でも、天井に鍵なんかないでしょう?」

「ところがあるんだよ。どんな石造りのアーチ形通路でも、頂点の部分に、ほかの石をつなぎ留めて全重量を支える楔形《くさびがた》の石が必要だ。この石を建築用語で〝クレ・ド・ヴォット〟と言う。英語では通常〝キー・ストーン〟と呼ばれている」何か思いあたるふしがあるのではと思い、ラングドンはソフィーの目をのぞきこんだ。

ソフィーはクリプテックスを一瞥《いちべつ》して肩をすくめた。「だけど、どう見たってこれは楔形の石じゃないわ」

ラングドンはどこから話すべきか迷った。キー・ストーンを用いてアーチ形通路を造る石工術は、初期のフリーメイソンで門外不出とされていた秘法のひとつだ。〝ロイヤル・アーチ〟という位階。建築術。キー・ストーン。その三つには密接な関係がある。フリーメイソンが裕福な職工の集団になったのは、楔形のキー・ストーンを使ってアーチ形通路を造る秘法を習得していたことによるところが大きく、それゆえこの技術は注意深く隠された。キー・ストーンはつねに暗々裡《あんあんり》に伝えられたと言われている。しかし、紫檀の木箱におさめられたこの石の筒がそれと同じものとは思えない。シオン修道会のキー・ストーンは——ほんとうにこれがそうだとして——ラングドンが想像していたものとまったくちがっていた。

「シオン修道会のキー・ストーンについては、あまりくわしくなくてね」ラングドンは正直に言った。「わたしが聖杯に興味を持っているのはもっぱら象徴学の側面だから、実際にそれを探し出すためのおびただしい数の言い伝えには、あまり注意を払ってこなかったんだよ」

ソフィーは眉をあげた。「聖杯を探し出す？」

ラングドンはぎこちなくうなずき、注意深くつぎのことばを選んだ。「ソフィー、シオン修道会の伝承によれば、キー・ストーンとは暗号で記された地図のことなんだ。そこに示されているのは聖杯の隠し場所だ」

ソフィーは面食らった顔をした。「で、これがそうだと？」

ラングドンはどう答えたらいいかわからなかった。自分でも信じがたいのだが、これがキー・ストーンだとする以外に、筋の通った結論は導き出せない。

薔薇の印の下に横たわる、暗号を秘めたる石。

クリプテックスの生みの親がレオナルド・ダ・ヴィンチ——かつてのシオン修道会総長——であるという話を考え合わせると、これが修道会のキー・ストーンだという思いはますます強くなる。昔日の総長が描いた設計図が、何世紀もあとの会員によって命を吹きこまれる。これほど明白なつながりを無視することはできない。

ここ十年ほど、歴史学者たちはキー・ストーンを求めてフランスの教会を探っていた。難解で多義的なことばに満ちたシオン修道会の歴史にくわしい聖杯探求者たちは、キー・ストーンが文字どおりの要石《かなめいし》、すなわち建築に使われる楔形の石であって、暗号の刻まれた石がどこかの教会のアーチ形通路の天井に埋めこまれているという結論に達していた。〝薔薇の印の下〟という伝承について言えば、そもそも建築物に薔薇を冠したものは少なくない。薔薇窓。薔薇形装飾。そして言うまでもなく、いたるところにあるのが五弁飾りだ。それは五つの花びらを持つバラ科キジムシロ属をかたどった装飾で、アーチ形通路の頂点の部分によく見られる。隠し場は狡猾《こうかつ》なまでに単純だと考えられていた。聖杯の地図は、とある忘れられた教会のアーチ形通路にひそかに組みこまれて、下を行き交う人々をあざ笑っているのだろう、と。

「このクリプテックスがキー・ストーンであるはずはないわ」ソフィーは反論した。「新しすぎるもの。これを作ったのはまちがいなく祖父よ。古《いにしえ》の聖杯伝説とは関係ない」

「いや」興奮で体が震えるのを感じながら、ラングドンは答えた。「シオン修道会が現在のキー・ストーンを作ったのは、過去二十年ほどのあいだではないかと言われている」

ソフィーの目に不信がよぎった。「だけど、仮にこのクリプテックスが聖杯の隠し場所を示しているとして、なぜ祖父はそれをわたしに託したの？　あけ方も扱い方もわからないのよ。そもそも、聖杯のなんたるかさえ知らないんだから！」

ラングドンは虚を突かれたが、言われてみればそのとおりだった。時間がなくて、聖杯の真の姿をまだ説明していなかった。しかし、その話はあとまわしでいい。いまはキー・ストーンのことで頭がいっぱいだ。

もしこれがほんとうにキー・ストーンだとしたら……

防弾仕様のタイヤが低いうなり声をあげるなか、ラングドンはキー・ストーンについて知るかぎりのことを、急いでソフィーに教えた。何世紀ものあいだ、シオン修道会の最大の秘密である聖杯のありかは、文書の形では記されなかったと言われている。外部へ漏れるのを防ぐため、新しく参事が選ばれるたびに、秘密の儀式がおこなわれて口頭で伝えられたという。だが二十世紀のある時点から、この方針が変わったという説がささやかれはじめた。おそらく新型の電子盗聴機器が発達したせいだろうが、シオン修道会は聖なる隠し場所を二度と口にしないという誓いを立てた。

「それならどうやって秘密を伝えるの？」ソフィーは尋ねた。

「そこでキー・ストーンが登場するんだ」ラングドンは説明した。「四人の最上級会員のひとりが死ぬと、残った三人は下位の会員から新たな参事候補を選ぶ。その際、聖杯の隠し場所を教えるのではなく、ある試練を課して、その候補が適任であることを本人に証明させる」

ソフィーは落ち着かない顔つきになった。祖父によく宝探しをさせられたと言っていたのを、ラングドンはふと思い出した。〝資質の証明《プルーヴ・ド・メリト》〟だ。キー・ストーンも同様の発想に基づく。もっとも、それを言うなら、この種の試練は秘密結社ではひどくありふれている。何より有名なのはフリーメイソンのそれだ。長年をかけて、会員は自分が秘密を守れることを証明し、儀式をおこない、さまざまな試練を経ることによって、高位へと昇進する。第三十二位階のフリーメイソンに任命されて頂点を極めるまで、要求はしだいに重くなっていく。

「つまりキー・ストーンは〝資質の証明〟の手段というわけね」ソフィーは言った。「もし開くことができれば、中におさめられた情報を知るに足る人間だとみずから示したことになる」

ラングドンはうなずいた。「きみが同じような経験を積んできたのを忘れてたよ」

「祖父のおかげばかりじゃないわ。暗号学には〝誇り高き言語〟という呼び方があるの。解読できる聡明《そうめい》さを備えた者だけに読む資格を与える、ということ」

ラングドンは一瞬ためらった。「ソフィー、もしこれがほんとうにキー・ストーンだとしたら、持っていたミスター・ソニエールはシオン修道会でもきわめて高い地位にいたことになる。四人の幹部のひとりだったかもしれない」

ソフィーはため息をついた。「祖父はなんらかの秘密結社で高い地位にいた。それはまちがいない。シオン修道会かどうかは、わたしにはわからないけど」

ラングドンは驚いて見つめた。「秘密結社の一員だったのを知っていたって？」

「十年前、あるものを思いがけず目撃してしまったのよ。それ以来、祖父とは絶交していた」ソフィーは間をとった。「祖父はただの幹部だったんじゃないわ……頂点にいたんだと思う」

ラングドンは耳を疑った。「総長だったと？　でも……そんなことはわかりっこないじゃないか」

「その話はしたくない」ソフィーは目をそらした。表情は頑《かたく》なであると同時に、つらそうでもある。

ラングドンは衝撃に口を閉ざした。ジャック・ソニエールが総長？　それが事実なら、と思って驚愕《きょうがく》の念に打たれる一方、みごとにつじつまが合うことも認めざるをえなかった。なんと言っても、歴代のシオン修道会の総長には、芸術的な才能に富んだ著名人が名を連ねている。それを示す証拠が二十年余り前にパリのフランス国立図書館で発見され、〝秘密文書《ドシエ・スクレ》〟として知られることになった。

シオン修道会を研究する歴史学者や聖杯マニアは、こぞってこれを読んだ。〝4° lm^1 249〟という分類記号がつけられたこの文書は、多くの専門家によって記述の正しさが証明され、歴史学者たちの長年にわたる推測を決定的に裏づけた。すなわち、シオン修道会の総長をつとめた人物に、レオナルド・ダ・ヴィンチ、ボッティチェルリ、サー・アイザック・ニュートン、ヴィクトル・ユゴー、最近ではパリの有名な芸術家ジャン・コクトーらがいたことを。

ジャック・ソニエールもそうだったのではないだろうか。

とはいえ、今夜ソニエールと会う予定だったことを思い起こすと、疑念が募った。シオン修道会の総長がこの自分に会いたいと連絡してきた。なぜ？ ささやかな芸術論を交わすために？ およそ信じがたかった。おまけに、もし自分の直感が正しければ、シオン修道会の総長が伝説のキー・ストーンを孫に託し、同時にこのロバート・ラングドンを探せと命じたことになる。

考えられない！

どれほど想像の翼をひろげても、ソニエールの行動を説明できる状況を思い浮かべられなかった。仮にみずからの死を恐れたのだとしても、三人の参事も秘密を知っているのだから、修道会は安泰だ。なぜこれほど大きな危険を冒してまで、よりによって長く音信不通だった孫にキー・ストーンを託そうとしたのか。そして、なぜ赤の他人であるこの自分を巻きこんだのか。

パズルの一片が欠けている。

答はすぐには訪れそうもない。エンジンの回転が落ちる音で、ふたりとも顔をあげた。タイヤが砂利とこすれ合っている。なぜこんなに早く車を停めるのか、とラングドンは不審に思った。ヴェルネは市街から遠く離れた安全な場所まで連れていくと言っていたのに。トラックは大きく減速し、思いのほか荒れた土地を進んでいる。ソフィーは不安げな視線をラングドンへ向け、あわてて木箱を閉じて留め金を掛けた。ラングドンは手早く上着をまとった。

トラックが停止して、アイドリングの状態のまま、荷室のドアの錠がまわった。ドアがあけ放たれると、驚いたことに、そこは道路からかなりはずれた木立のなかだとわかった。目に緊張の色を浮かべたヴェルネが姿を現した。その手には拳銃《けんじゅう》が握られている。

「申しわけありません」ヴェルネは言った。「こうするほかないのです」

49

ヴェルネは拳銃の扱いに慣れていないらしいが、まなざしは決意に満ちている。挑発するのは得策ではないとラングドンは思った。

「失礼は承知しております」アイドリング中のトラックの荷室にいるふたりへ銃を向け、ヴェルネは言った。「その箱をおろしていただけませんか」

ソフィーは木箱を胸に抱き寄せた。「祖父と親しかったとおっしゃったでしょう？」

「わたくしには、おじいさまの財産を守る義務があります。だからこそ、こんなことをしているのです。さあ、箱を床に置いてください」

「祖父はこれをわたしに預けたのよ」ソフィーは言い返した。

「置きなさい」ヴェルネは銃を掲げて命じた。

ソフィーは足もとへ木箱をおろした。

銃身が自分へ振り向けられるのをラングドンは見つめた。

「ミスター・ラングドン」ヴェルネは言った。「その箱をこちらまでお持ちください。あなたにお願いするのは、あなたをならわたくしも躊躇《ちゅうちょ》せず撃てるからだということをお忘れなく」

ラングドンは信じられない思いでヴェルネを凝視した。「なぜこんなことを？」

「だから言ってるでしょう」ヴェルネの訛《なま》りのある英語は、いまやぞんざいな口ぶりに変わっていた。「顧客の財産を守るためです」

「いまはわたしたちがあなたの顧客よ」ソフィーは言った。

ヴェルネの表情が一変して、氷の冷たさを帯びた。「マドモワゼル・ヌヴー、あなたがどうやって鍵《かぎ》と口座番号を手に入れたのかはわかりませんが、不法行為がからんでいるのは確実です。どれほどの罪を犯したかを知っていたら、わたくしも脱出の手助けなどしませんでした」

「説明したでしょう？」ソフィーは言った。「わたしたちは祖父の死となんの関係もないんだったら！」

ヴェルネはラングドンを見た。「しかしラジオで聴きましたが、この男はジャック・ソニエールだけでなく、ほかにも三人の男性を殺害した容疑で手配されています」

「なんだって！」ラングドンは仰天した。さらに三人が殺された？　自分が第一容疑者だという事実よりも、人数がぴったり合うことのほうに衝撃を覚えた。偶然の一致とはとても考えられない。参事の三人なのか？　ラングドンは紫檀《したん》の木箱に視線を落とした。もし参事までもが殺されたのなら、ソニエールには選ぶ道がない。ほかの人間にキー・ストーンを委《ゆだ》ねるしかなかったはずだ。

「あなたたちを突き出せば警察も事件を解決できます」ヴェルネは言った。「こちらもこれ以上巻きこまれるわけにはいきません」

ソフィーはヴェルネをにらみつけた。「警察に引き渡すつもりなんかないはずよ。あったら、とっくに銀行へもどってる。それなのに、こんなところへ連れてきて銃で脅すのはどうして？」

「おじいさまがわたくしを雇った理由はただひとつ——ご自身の財産の安全と秘密を守るためです。その箱の中身がなんであろうと、証拠品として警察が押収するような事態は避けなくてはならない。さあ、ミスター・ラングドン、箱を渡しなさい」

ソフィーはかぶりを振った。「だめよ」

銃声がとどろき、ラングドンの頭上の壁を貫いた。反響で荷室が震え、空の薬莢《やっきょう》が床に落ちて金属音を立てた。

ばかな！　ラングドンは凍りついた。

ヴェルネは自信に満ちた態度になって言った。「ミスター・ラングドン、箱を持ちなさい」

　ラングドンは木箱を持ちあげた。

「そのままこちらへ来い」ヴェルネは後部バンパーに身を寄せて立ち、荷室へ銃を突き入れて照準を定めた。

　ラングドンは木箱をかかえて荷室を横切り、開いたドアへ向かった。

　なんとかしなくては。シオン修道会のキー・ストーンをむざむざ渡すわけにはいかない。ドアへ近づくにつれ、自分がヴェルネより高い位置に立っているのがよくわかり、この優位をうまく利用できないかと思った。掲げられているとはいえ、ヴェルネの銃の位置はこちらの膝《ひざ》と同じくらいの高さだ。しっかりねらって蹴《け》ったらどうか。

　だが残念なことに、ラングドンが歩み寄るうち、ヴェルネは危険が迫るのを感じとったらしく、何歩かあとずさって六フィートほど離れた。これではとても届かない。

　ヴェルネは命じた。「箱をドアのそばに置け」

　やむなくラングドンはひざまずき、開いたドアのすぐ手前に紫檀の木箱をおろした。

「立て」

　ラングドンは立ちあがりかけたが、精巧に作られたドア枠の横に小さな空薬莢が落ちているのを見つけて、動きを止めた。

「立つんだ。箱から離れろ」

ラングドンはなおも少しのあいだ、金属製のドア枠を見たまま動かずにいた。それから身を起こした。途中で薬莢を注意深く手で払い、ドアの下枠をなす細長い凸型の横桟の部分へ転がした。完全に立ちあがると、さがりはじめた。

「奥へもどって後ろ向きになれ」

ラングドンは従った。


ヴェルネは心臓が早鐘を打つのを感じていた。右手で銃を構えたまま、左手で木箱をつかもうとした。思っていたよりもずっと重い。両手でなくては無理だ。拘束したふたりへ視線をもどし、危険を推し量った。ともに十五フィートは離れており、荷室の奥でこちらに背を向けている。心が決まった。すばやくバンパーに銃を置き、両手で箱を持ちあげて地面におろすと、すぐにまた銃をとって荷室のなかへ向けた。ふたりの虜囚はどちらも動かなかった。

完璧《かんぺき》だ。あとはドアを閉めて錠をかければいい。地面の箱はそのままにして、金属製のドアをつかんだ。ドアが自分の前を過ぎるとき、かんぬきに手を伸ばした。鈍い音とともにドアが閉じると、急いでかんぬきを握り、左へ引いた。ところが、かんぬきは数インチ滑ったところで、受け金にはまらないまま、不意にきしんで動かなくなった。どうした？　もう一度引いたが、やはりかからない。かんぬきと受け金が平行になっていないらしい。ドアがしっかり閉まっていないのか！　パニックの波に襲われ、ドアを外から力ずくで押したが、微動だにしなかった。何かがはさまっている。肩を押しつけようと体の向きを変えたそのとき、内側から勢いよくドアが開いて顔を直撃した。ヴェルネはよろめいてしりもちをついた。鼻に激痛が走る。銃をほうり投げて顔に手をやると、生あたたかい鼻血が流れていた。

ロバート・ラングドンが近くに飛びおりたのがわかり、ヴェルネは立ちあがろうとしたが、何も見えなかった。視界がぼやけ、ふたたび後ろへ倒れこんだ。ソフィー・ヌヴーが叫んでいる。しばらくして、土煙と排気ガスが押し寄せた。タイヤが砂利を噛《か》む音を聞いて上半身を起こすと、トラックがその長い車体ゆえに道を曲がりそこなうのが見えた。前部バンパーが木にぶつかって、すさまじい音を立てた。エンジンがうなり、木がたわむ。最後はバンパーのほうが屈し、半分もぎとられた。バンパーを引きずったまま、トラックはふらつきながら進んだ。舗装された連絡道路へはいると、夜の闇に火花を散らしながら走り去った。

ヴェルネはトラックが停まっていた場所へ目をもどした。かすかな月明かりのなかでも、何もないのが見てとれる。
木箱は持ち去られていた。

50

カステル・ガンドルフォを離れた地味なフィアットのセダンは、アルバーニ丘陵の曲がりくねった道をくだり、眼下の谷へ向かっていた。後部座席のアリンガローサ司教は、ブリーフケースに包まれた無記名債券の重みを膝に感じて微笑み、いつごろ導師と自分が換金できるものかと考えた。

二千万ユーロ。

これによって、金額よりもはるかに価値のある力を買いとれる。

ローマへもどる車のなかで、アリンガローサは、なぜ導師がいまだに連絡してこないのかとふたたび懸念しはじめた。法衣のポケットから携帯電話を取り出し、通話圏表示を確認した。電波がほとんど届いていない。

「このあたりでは携帯電話が通じません」運転手がバックミラーでアリンガローサを見て言った。「五分もすれば、丘陵を抜けて電波が届きますよ」

「ありがとう」アリンガローサはにわかに猛烈な不安に襲われた。電話が通じない？導師はずっと連絡しようとしていたのかもしれない。何かまずい事態が起こった可能性さえある。

急いで伝言メッセージを調べた。何もない。とはいえ、導師がメッセージを残すはずがないことに思い至った。連絡に際して、異常なまでに神経をつかう男だ。当節、人目をはばからず話すことの危うさを、だれよりも知りつくしている。あの男が驚くべき量の秘密情報を収集できたのは、電子機器を用いた盗聴によるところが大きい。

だからこそ、用心の上に用心を重ねる。

不都合なことに、導師と交わした取り決めによって、アリンガローサはいかなる連絡先も知らされていなかった。連絡するのは向こうからだけだから、電話機を手放さないよう指示されている。こちらの電話が用をなさなかったせいで、何度も連絡したのに通じなかったとしたら、導師はどう勘ぐるだろうか。

おかしい、と思うはずだ。

債券を入手できなかったと考えるかもしれない。

アリンガローサは汗がにじむのを感じた。

さらに悪くすると……こちらが金を奪って逃げたと見なすだろう。

51

時速六十キロという控えめな速度でも、垂れさがった前部バンパーは、人気《ひとけ》のない田舎道をこすって耳障りな音を立て、ボンネットにまで火花を巻きあげた。

このままではまずい、とラングドンは思った。

前方はほとんど見えない。ただひとつ明かりがついたヘッドライトは、衝撃でずれて斜めを向き、郊外のハイウェイ沿いの木立へ光を投げかけている。どうやら装甲トラックの〝装甲〟とは荷室についてのみ言えることで、車体前面にはあてはまらないらしい。

助手席のソフィーは、膝に載せた紫檀《したん》の木箱をうつろな目で見ていた。

「だいじょうぶかい」ラングドンは訊いた。

ソフィーの顔は不安げだった。「支店長の話を信じる？」

「さらに三人が殺されたという件だな。もちろんだ。それでいろいろと説明がつくからね。なぜミスター・ソニエールが命がけでキー・ストーンを渡そうとしたかも、なぜファーシュが執拗《しつよう》にわたしを追うのかも」

「そうじゃないの。銀行を守るためだという話のほうよ」

ラングドンは横へ目をやった。「本音はちがうと？」

「自分がキー・ストーンを手に入れたかったんじゃないかしら」

ラングドンはそんなことを考えてもみなかった。「なぜヴェルネがこの木箱の中身を知ってるんだ」

「自分の銀行が保管していたのよ。祖父とも知り合いだった。何か知っていた可能性はあるわ。聖杯をひとり占めしようと決めたのかも」

ラングドンは首を横に振った。ヴェルネはそうしたたぐいの男には見えない。「わたしの経験では、聖杯探求者にはふたつの人種しかない。ひとつは、素人で、自分が探しているのは長らく失われているキリストの杯だと信じている人たち」

「もうひとつは？」

「もうひとつは、真実を知っていて、それゆえ聖杯に脅威を感じている人たちだ。昔から数多くの組織が聖杯を闇に葬ろうとしてきたんだよ」

ふたりのあいだに沈黙が流れ、バンパーを引きずる音がいっそう際立った。数マイルしか走っていないが、トラックの前面から噴きあがる火花の柱を見るにつけ、ラングドンは身の危険を感じた。いずれにせよ、対向車があれば確実に目を引く。ラングドンは腹を決めた。

「バンパーを直せないか見てみよう」

トラックを路肩に寄せて停めた。

ようやく静寂が訪れた。

トラックの前へと歩いているとき、ラングドンは自分でも驚くほど警戒していた。ひと晩のうちに二度も銃口と向き合う羽目になり、息を整えずにいられない。夜の冷気を深く吸い、どうにか平静を取りもどした。追われているという重圧に加え、責任の大きさも痛感しはじめていた。自分とソフィーが手に入れたものに、史上最大の謎のひとつを解く鍵《かぎ》が秘められているかもしれないのだから。

その重みだけではまだ足りないとでもいうのか、シオン修道会へキー・ストーンを返す見こみが潰《つい》えたことを、ラングドンはいまになって悟った。さらに三人が殺されたという知らせには、恐るべき含意がある。シオン修道会が防護の壁を崩されて、危機に瀕《ひん》しているということだ。監視されているか、上級会員のなかに内通者がいるのはまちがいない。ソニエールがソフィーと自分に——シオン修道会に属さないからこそ安全な人間に——キー・ストーンを託したのもそれで説明がつく。キー・ストーンをシオン修道会へもどすことはできない。仮になんらかの手立てで会員を見つけたとしても、だれであれキー・ストーンを受けとろうと進み出た者こそ、敵である可能性が高い。望むと望まざるとにかかわらず、当面はソフィーと自分が持ったままでいることになりそうだ。

トラックの前面は想像以上にひどい状態だった。左側のヘッドライトはなくなり、右側はまるで眼窩《がんか》から垂れさがった眼球だ。はめなおしてみたが、また落ちた。唯一の救いは、前部バンパーがほとんどはずれかけていたことだ。強く蹴《け》ると、もう少しで取り去れそうな気がした。

ねじれた金属板を繰り返し蹴りつけながら、ソフィーとさっき交わした会話を思い返した。祖父が留守番電話にメッセージを残し、家族にまつわる真実を伝えなくてはならないと語っていた、とソフィーは言った。聞いたときにはその意味を深く考えなかったが、シオン修道会がかかわっていると知ったいま、ある驚くべき可能性が脳裏をよぎった。

だしぬけに騒々しい音が響き、バンパーがはずれた。ラングドンはひと息ついた。少なくともこれで、独立記念日の花火もどきには見えなくなるだろう。バンパーをつかんで、木立の陰へと引きずりながら、これからどこへ行くべきかと考えた。クリプテックスのあけ方も、ソニエールから託された理由も、まるで見当がつかない。ありがたくないことに、今夜自分たちが生き延びられるかどうかは、おそらくそのふたつを解明できるか否かにかかっている。

助力が必要だ。専門家の助けが。

聖杯とシオン修道会に関する研究では、適当な人物がひとりだけいる。もちろん、問題はソフィーを説得できるかだ。

助手席でラングドンがもどるのを待ちながら、紫檀の木箱の重みを膝に感じているうちに、ソフィーは腹立たしくなってきた。なぜこれが自分に託されたのだろうか。この箱の扱いについて、まったく考えが浮かばなかった。

考えて、ソフィー。頭を使いなさい。おじいちゃんは何かを伝えようとしてるはずよ。

木箱をあけ、クリプテックスのダイヤルを見つめた。資質の証明。これを作った祖父の手が感じとれた。キー・ストーンとは、それにふさわしい者だけが手にすることのできる地図。いかにも祖父が言いそうなことばだ。

クリプテックスを木箱から出し、ダイヤルを指でなでた。文字は五つ。ひとつずつダイヤルをまわした。回転はなめらかだ。円筒の両端でまっすぐに向かい合っている真鍮の矢印のあいだに、選んだ文字が並ぶようにした。五文字の単語の選択が安易にすぎるのは承知のうえだ。

G—R—A—I—L——聖杯。

クリプテックスの両端をそっと持ち、軽く力を加えて引いた。びくともしない。中で液体の揺れる音が聞こえたので、引くのをやめた。こんどは別のことばを試した。

V—I—N—C—I——ヴィンチ。

やはり動かない。

V—O—U—T—E——アーチ形天井。

同じだった。クリプテックスは固く閉じられたままだ。

眉根《まゆね》を寄せてクリプテックスを紫檀の木箱にもどし、蓋《ふた》を閉じた。外のラングドンに目をやり、今夜行動をともにしてくれていることを感謝した。〝P.S. ラングドンを探せ〟。祖父が彼をかかわらせた理由が、いまはわかる気がする。自分に祖父の意図を理解するだけの知識がないから、導き手の役割を与えたのだろう。手ほどきをする個人教師といったところか。本人にとっては不幸なことに、今夜のラングドンは個人教師どころではなくなってしまった。ファーシュの——そして聖杯を手に入れようとする謎の勢力の——標的にされている。

聖杯とはいったい何だろう。

それを見いだすことはおのれの命を懸けるに値するのだろうか、とソフィーは思った。

再発進した装甲トラックの走りはずいぶん快適になり、ラングドンはほっとした。

「ヴェルサイユへの道順はわかるかい」

ソフィーは目をまるくした。「こんなときに観光？」

「いや、考えがあってね。ヴェルサイユの近くに知り合いの宗教史学者が住んでいる。正確な住所は覚えていないが、近くへ行けばわかる。何度か訪ねたことがあるんだよ。名前はリー・ティービング。英国王立歴史学会員だ」

「そんな人がパリで暮らしてるの？」

「聖杯に生涯の情熱を注いでいるんだ。十五年ほど前、シオン修道会のキー・ストーンの噂がささやかれだしたころ、ティービングはフランスの教会を探ればそれが見つかるのではと期待して、こちらへ越してきた。キー・ストーンや聖杯についての著作も何冊かある。クリプテックスのあけ方や扱い方を考える手助けをしてくれると思う」

ソフィーの目に警戒の色が浮かんだ。「信頼できるの？」

「どういう点で？　情報を盗まないかってことかい」

「わたしたちを警察に売らないかという点でもよ」

「警察に手配されてることは言わないさ。この一件を解決できるまでかくまってもらうつもりだ」

「ロバート、よく考えて。たぶんフランスじゅうのテレビがわたしたちの写真を流す準備をしてるはずよ。ファーシュはいつもマスメディアをうまく利用する。見咎《みとが》められることなく動きまわるなんてできなくなるわ」

ひどい話だ、とラングドンは思った。フランスでのテレビデビューは〝パリの凶悪逃亡犯〟としてになるわけだ。少なくともジョナス・フォークマンのお気には召すだろう。自分が話題になるたびに、本の売り上げが跳ねあがるのだから。

「ほんとうに信用できる友達なの？」ソフィーは尋ねた。

ティービングはあまりテレビを観ないだろうし、こんな時間ならなおさらそうだとラングドンには思えたが、それでもソフィーの疑問は一考に値した。全幅の信頼を置ける相手だという直感はある。理想的な避難場所だ。状況を知れば、あの男ならみずから飛んできて全力を尽くしてくれるだろう。こちらに対して借りがあるからだけではなく、聖杯探求者として当然だからだ。ソフィーは自分の祖父がシオン修道会の総長だったと主張している。それを聞いたら、謎の解明に手を貸せると思って垂涎《すいぜん》しかねない。

「ティービングは強力な助っ人《すけと》になると思う」ラングドンは言った。こちらがどこまで教えるかにもよるのだが。

「ファーシュはたぶん懸賞金を出すわ」

ラングドンは笑った。「実を言うと、あの男にとって金ほど無用のものはないんだ」リー・ティービングは小国並みの資産を持っている。初代ランカスター公の後裔《こうえい》であり、財産を得たのは昔ながらの方法――遺産相続だという。パリ郊外のその邸宅は十七世紀の豪華な建物で、敷地内に湖がふたつある。

ティービングとはじめて会ったのは、数年前、英国放送協会《BBC》を通じてだった。ティービングはBBCに、聖杯の驚異の歴史を一般視聴者に伝えるドキュメンタリー番組の企画を持ちかけていた。プロデューサーはティービングの大胆な仮説や、その研究心、経歴に大いに興味を引かれたが、あまりにも衝撃的で容易には受け入れがたい内容だったために、信頼できる報道局というBBCの評判が傷つけられる結果にならないかと懸念した。不安を取り除くべく、BBCはティービングの提案で、世界じゅうから三人の高名な歴史学者を選んで支持者の役まわりを依頼したところ、三人はそれぞれ独自の研究によって、聖杯の秘密に関する驚くべき説の正しさを傍証してみせた。ラングドンは選ばれた三人のひとりだった。

BBCはラングドンをパリのティービング邸へ向かわせ、そこで対面の場面を収録した。ラングドンは豪奢《ごうしゃ》な客間でカメラに囲まれてティービングと語り合い、聖杯の新説を聞いた当初は懐疑的だったと認めたうえで、何年にもわたる調査のすえに正しいと納得したと述べた。そして最後に自分の研究の一部を披露し、数々の象徴の結びつきが、この一見疑わしい主張を強力に裏づけていると結んだ。

イギリスで番組が放映されると、多彩な出演者がじゅうぶんな証拠を提示したにもかかわらず、仮説は一般のキリスト教信者の神経を大いに逆なでし、すぐさま非難の嵐が湧き起こった。アメリカでは一度も放映されなかったが、反響は大西洋を伝わった。放映後まもなく、ラングドンは旧友であるフィラデルフィアの司教からはがきを受けとった。そこにはラテン語で〝エト・トゥ、ロバート（ロバート、おまえもか）〟とだけ書かれていた。

「ロバート」ソフィーは訊いた。「ほんとうに、その人は信用できるの？」

「請け合うよ。研究仲間だし、金に頓着《とんじゃく》しない。フランス政府を毛ぎらいしているという話も聞いたことがある。歴史的建造物を買いとったせいで、途方もない額の税金を払わされてるんだよ。進んでファーシュに協力するとは思えない」

ソフィーは暗い道路を見つめた。「訪ねるにしても、どこまで話すつもり？」

ラングドンは悩む様子もなく言った。「リー・ティービング以上にシオン修道会や聖杯に精通している者はこの世にいないさ」

ソフィーはラングドンに目を向けた。「わたしの祖父よりも？」

「シオン修道会の会員以外では、という意味だよ」

「ティービングが会員ではないとどうしてわかるの？」

「生涯をかけて聖杯の真実を世に広めようとしているからだ。シオン修道会はそれを秘匿しつづけると誓っている」

「利害が衝突するように聞こえるけど」

ラングドンにはその懸念が理解できた。ソフィーこそソニエールからクリプテックスを託された張本人であり、中身や扱い方がわからないとはいえ、赤の他人をかかわらせるのをためらうのは当然だ。秘められているかもしれない情報の性質を考えれば、もっともな直感と言えるだろう。「すぐにキー・ストーンのことを教える必要はないんだ。最後まで口にせずにすむかもしれない。あの家なら身をひそめて考えをまとめられるし、いざ聖杯の話をすることになれば、ミスター・ソニエールがこれをきみに託した理由について手がかりが得られると思う」

「わたしたちに託したのよ」ソフィーは訂正した。

ラングドンはささやかな誇らしさを感じたが、なぜソニエールが自分まで巻きこんだのか、あらためて疑問に思った。

「ミスター・ティービングの住まいはだいたいわかるのね」

「シャトー・ヴィレットというところだ」

ソフィーは驚きの視線を向けた。「あのシャトー・ヴィレット？」

「そのとおり」

「たいした友達ね」

「知ってる場所かい」

「近くを通ったことがあるの。お城の多い地区にあるわ。ここから二十分ぐらい」

ラングドンは顔をしかめた。「そんなに遠いのか」

「ええ。聖杯の正体を教えてもらう時間はじゅうぶんあるわ」

ラングドンはしばし考えた。「着いたら話すよ。ティービングとわたしは専門分野がちがうから、ふたりから話を聞くほうが全体像をつかめる」笑みを漂わせる。「それに、聖杯に人生を賭《か》けてきたリー・ティービングから解説してもらうなんて、アインシュタイン本人から相対性理論の説明を受けるようなものだよ」

「深夜の訪問をリーが気にしないことを祈りましょう」

「正確に言うと、サー・リーだ」ラングドンは一度だけうっかりそれを忘れたことがあった。「なかなかの人物だよ。何年か前、ヨーク家の詳細な歴史を著して、女王陛下からナイトの爵位を与えられたんだ」

ソフィーは目をまるくした。「冗談でしょう？　わたしたち、ナイトに会いにいくの？」

ラングドンはぎこちなく微笑んだ。「聖杯探求の旅をしているんだよ、ソフィー。騎士《ナイト》ほど助けになりそうなものはないだろう？」

52

パリから北西へ二十五分走ったヴェルサイユ近郊に、シャトー・ヴィレットの百八十五エーカーに及ぶ敷地はひろがっていた。一六六八年にフランソワ・マンサールがオーフレイ伯爵のために設計したこの家は、パリで最も重要にして由緒ある大邸宅のひとつだ。ル・ノートルが手がけた庭園とふたつの方形の湖まで備えており、館というより小ぶりな城に近い。今日では親しみをこめて〝小《プティ》ヴェルサイユ〟と呼ばれている。

一マイルはある私道の入口に、ラングドンは装甲トラックをがたつかせながら停めた。警備装置のついた堂々たる門のかなたに、サー・リー・ティービングの邸宅がそびえている。門には英語の標示がある――〝私有地につき立ち入り禁止〟。

自分の屋敷は独立したイギリス諸島のひとつだとでも宣しているつもりなのか、ティービングは標示を英語で記しているだけでなく、インターコムをトラックから見て右側――イギリスを除くヨーロッパのどの国でも助手席側――に設置していた。

ソフィーは通常の反対側に据えられたインターコムを見て、怪訝《けげん》な顔をした。「助手席にだれもいなかったらどうするのかしら」

「まったくだ」ラングドンもティービングに尋ねたことがあった。「何もかもお国の流儀じゃなきゃ気がすまないらしい」

ソフィーは窓をおろした。「ロバート、あなたが話して」

ラングドンは腰を浮かせ、ソフィーの前に身を乗り出して、インターコムのボタンを押した。ソフィーがつけている香水のかぐわしいにおいが鼻孔を満たし、体がふれ合わんばかりなのに気づいた。呼び出し音が小さなスピーカーから流れてくるのを聞きながら、前かがみのぎこちない姿勢のまま待った。

ようやくインターコムから乾いた音が聞こえ、不機嫌そうなフランス訛《なま》りの英語が答えた。「シャトー・ヴィレットです。どちらさまですか」

「ロバート・ラングドンと申します」ソフィーの膝《ひざ》越しに体を伸ばし、大声で言った。「サー・リー・ティービングの友人です。力を貸していただきたいことがありまして」

「おやすみになっています。わたくしも寝ておりました。どういうご用件でしょうか」

「内密の件でしてね。サー・ティービングなら大いに興味を持たれるはずです」

「では、朝になれば喜んでお迎えになるでしょう」

ラングドンは重心を移した。「とても大事なことなんです」

「サー・リーにとっては、おやすみになることも大事です。ご友人なら、お体の具合がよくないのはご存じでしょう」

ティービングは幼いころに小児麻痺《まひ》を患ったせいで、両脚に装具をつけ、杖《つえ》を突いて歩く身となっているが、ラングドンが最後に会ったときは活力に満ちて血色がよく、障害を苦にしているようにはとても見えなかった。「お手数をかけますが、聖杯についての新たな情報を見つけたとお伝えください。朝になってからでは遅い、とも」

長い沈黙がつづいた。

トラックのエンジン音が響くなか、ラングドンとソフィーは待った。

ゆうに一分が過ぎた。

ようやく返事があった。「やれやれ、そちらはまだハーヴァード標準時のままらしいな」歯切れのよい快活な声だった。

ラングドンは強いイギリス訛りを聞きとって、顔をほころばせた。「リー、とんでもない時間に起こしてすまない」

「きみがパリに来ているばかりか、聖杯の話をしていると執事から聞いたのだが」

「そう言えばベッドから出てきてくれると思ってね」

「大成功だな」

「古き友のために門をあけてもらえないか」

「真理を探究する者は友人以上の存在だ。兄弟だよ」

ラングドンはソフィーに目配せをした。ティービングの芝居がかった戯れには慣れている。

「もちろん門はあけるとも」ティービングは高らかに言った。「だが、まずはきみの心に曇りがないことをたしかめる必要がある。きみの高潔さを試すわけだ。三つの質問に答えてもらおう」

ラングドンはため息をつき、ソフィーにささやいた。「しばらく辛抱してくれ。かなりの変人なんだよ」

「第一の質問だ」ヘラクレスさながら、ティービングは重々しく言った。「コーヒーと紅茶、わたしはどちらをきみに出すだろうか」

アメリカ人のコーヒー三昧《ざんまい》をティービングがどう思っているか、ラングドンは知っていた。「紅茶。アール・グレイだ」

「すばらしい。第二の質問だ。ミルクと砂糖は？」

ラングドンはことばに詰まった。

「ミルクよ」ソフィーが耳打ちした。「イギリス人はミルクを入れるはずだわ」

「ミルク」ラングドンは言った。

無言。

「砂糖？」

反応はなかった。

待てよ。前回ティービングを訪ねたときに、酸味の強い飲み物が出されたのを思い出し、この質問が引っかけであると悟った。「レモンだ！　レモン入りのアール・グレイ」

「ご名答」大いに興じているふうだった。「では最後に、いちばん重要な質問だ」間をとってから、厳粛な声で言った。「ヘンリー・レガッタのスカル競艇で、ハーヴァードがオックスフォードに最後に勝ったのは何年かね？」

ラングドンには見当もつかなかったが、相手がこんな質問をする理由がひとつだけ想像できた。「そんな珍事は一度たりとも起こっていない」

掛け金がはずれる音とともに門があいた。「わが友よ、きみの心は清らかだ。はいりたまえ」

53

「ムシュー・ヴェルネ！」チューリッヒ保管銀行の夜間支配人は、支店長の声を聞いて安堵《あんど》した。「どちらへお出かけです？　警察からおおぜい来て、支店長を探しています！」

「ちょっと困ったことになった」ヴェルネの声には困憊《こんぱい》した響きがあった。「いますぐきみの助けが要る」

ちょっと困ったどころじゃない、と支配人は思った。警察は敷地を完全に包囲し、こちらが要求した捜索令状をまもなく警部みずからが持ってくると威嚇している。

「どうすればいいでしょうか」

「装甲トラック三号車の位置が知りたい」

支配人はとまどいながらも配送予定表を確認した。「敷地内にあります。地下の荷積み場です」

「いや、そこにはない。警察が追っているふたりに盗まれた」

「なんですって？　どうやって外へ出たんですか」

「電話ではくわしく話せないが、このままではわれわれが大打撃を受ける可能性がある」

「どうすればよろしいですか」

「トラックの非常用発信機を作動させてくれ」

支配人は部屋の反対側にあるロージャック操作盤に目をやった。装甲車の例に漏れず、この銀行のトラックにも無線による追跡装置が取りつけてあり、ここから遠隔操作をすることができる。支配人は、トラックが奪われた際に一度だけこの非常用システムを使ったことがあるが、そのとき装置はみごとに機能し、トラックの位置を突き止めて自動的に当局へ伝えた。しかし今夜のヴェルネには、もう少し慎重に対処するのを望んでいる気配がある。「ロージャック・システムを作動させれば、こちらが問題をかかえていることを当局にも同時に知られる結果になりますが」

ヴェルネは数秒間だまりこんだ。「わかっている。すぐに実行してくれ。三号車だ。切らずに待っている。正確な位置が把握できしだい知りたい」

「かしこまりました。ただちに」

三十秒後、二十五マイル離れたところで、装甲トラックの車体下部に隠された小さな発信機のライトが点滅をはじめた。

54

ポプラの並ぶ曲がりくねった私道を装甲トラックが進むにつれ、ソフィーは緊張がほぐれるのを感じていた。公道からはずれてひと安心できたし、人のよさそうな外国人が所有するこの防御の堅い私邸ほど安全な場所は頭に浮かばなかった。

大きな円を描く私道にはいると、右手にシャトー・ヴィレットが見えてきた。三階建てで、幅がゆうに六十ヤードはあり、灰色の石壁が投光器で照らされている。建物の無骨な正面が、完璧《かんぺき》に整えられた庭園や鏡のごとき湖面と好対照をなしている。

邸内の明かりがつきはじめた。

ラングドンはトラックを正面玄関まで乗りつけず、常緑樹の木立に囲まれた駐車場に停めた。「公道から見られる危険は冒すべきじゃない。それに、なぜ壊れた装甲トラックなんかに乗ってきたのか、リーに怪しまれたくないからね」

ソフィーはうなずいた。「クリプテックスはどうするの？　ここに置いていくのはまずいと思うけど、もしリーが見たら正体を知りたがるに決まってるわ」

「だいじょうぶ」ラングドンはトラックからおりてツイードの上着を脱いだ。そしてそれで木箱をくるみ、赤ん坊のように抱きかかえた。

ソフィーはいぶかしげな顔をした。「変よ」

「リーが玄関まで出迎えることは絶対にない。先に中へ通させるんだ。本人が現れるまでに、部屋のどこかに隠すよ」ラングドンは一瞬ためらった。「実は、会う前に言っておいたほうがいいことがあるんだ。サー・リーは独特のユーモア感覚の持ち主で、たいがいの人は少しばかり……驚かされる」

今夜、いまさら驚かされることなどあるだろうか、とソフィーは思った。

正面玄関へ向かう小道は、手作業による丸石敷きだった。道は曲がりながら伸びて、彫刻の施されたオーク材とサクラ材のドアへと至り、そこにはグレープフルーツ大の真鍮《しんちゅう》製のノッカーが備えつけられている。ソフィーがノッカーをつかむ前に、内側からドアが開いた。

上品で堅苦しい執事が目の前に立ち、いま身につけたばかりらしいタキシードと白いネクタイの最終調整をおこなっていた。歳のころは五十代程度で、整った顔立ちをしており、その険しい表情を見るかぎり、突然の訪問を快く思っていないことは明らかだ。

「サー・リーはほどなくお見えになります」フランス訛りの強い英語で執事は言った。

「いまはお着替えの途中です。ナイトシャツ姿でお客さまをお迎えすることをよしとなさらないもので。上着をお預かりしましょうか」ラングドンのかかえ持つまるめられたツイードの上着を見て、眉《まゆ》をひそめた。

「ありがとう。でもおかまいなく」

「かしこまりました。では、こちらへどうぞ」

執事は贅《ぜい》を尽くした大理石の玄関広間を抜け、優美に飾られた客間へとふたりを案内した。その部屋は房飾りのついたヴィクトリア様式のランプの数々に柔らかく照らされて、古めかしくもどこか荘厳な香気が漂っており、パイプ用の煙草や紅茶の葉、調理用シェリー、そして石造建築物ならではの土の香りがかすかに感じられる。向かい側の壁には、鎖帷子《かたびら》をまとった二体の輝く甲冑《かっちゅう》像にはさまれる形で、牛の丸焼きができるほど大きな粗削りの暖炉が据えられている。執事は炉床へ歩み寄ってひざまずき、あらかじめ並べてあった薪《まき》と焚《た》きつけにマッチで火をつけた。たちまち音を立てて炎が燃えはじめた。

執事は身を起こし、上着を整えた。「どうぞおくつろぎください、とことづかっております」そう言うと、ふたりを残して去った。

炉辺に並ぶ古美術品のどれに腰をおろせばよいのか、とソフィーは思った。ルネッサンス様式のベルベット張りのソファー、脚が鷲《わし》の爪に似た丸木の揺り椅子、それともビザンティン様式の教会から運び出したかに見えるひと組の石の椅子だろうか。ラングドンは上着をひろげ、ベルベット張りのソファーへ歩み寄った。木箱をその下に入れ、奥へ押しこむ。それから上着をはたいて袖《そで》を通し、襟を直したのち、隠し場所の真上にすわってソファーに微笑んだ。

なら、答はソファーね。ソフィーはそう思ってラングドンの隣に腰かけた。

心地よいあたたかさを感じつつ、勢いを増す炎を見つめているうち、祖父もこの部屋を気に入ったにちがいないと思った。暗色の壁には巨匠の絵画が並んでいる。その一枚は、祖父が二番目に好きだった画家プッサンの絵だ。炉棚の上からは、雪花石膏《せっこう》で作られたエジプトの女神イシスの胸像が部屋を見おろしている。

暖炉の内側では、薪を載せるための二体のガーゴイルの石像が、口をあけて不気味な喉《のど》を見せている。幼いころはずっとガーゴイルに怯《おび》えていたものだが、そんなある日、雨の降りしきるなか、祖父に連れられてノートル・ダム大聖堂の頂上へ出かけたことがある。「プリンセス、あの変な怪物を見てごらん」祖父はそう言って、勢いよく雨水を吐き出しているガーゴイルの樋嘴《ひはし》を指さした。「喉からおかしな音が聞こえるかい」ソフィーはうなずき、ガーゴイルの喉を水がごろごろ流れる音を聞いて、笑みを漏らした。「うがいをしているんだよ」祖父はつづけた。「〝うがいをする〟は英語ならガーグル《gargle》、フランス語ならガルガリゼ《gargariser》。だからガーゴイル《gargoyle》なんて妙な名前がついたわけだ」それ以来、ソフィーは二度とこわがらなくなった。

その祖父が殺されたという冷酷な現実があらためて思い出され、懐かしい記憶が深い悲しみを呼び起こした。祖父はもういない。ソファーの下のクリプテックスに意識を向け、ほんとうにリー・ティービングが手がかりを与えてくれるのだろうかと考えた。いや、そもそも尋ねてみるべきなのかどうか。祖父の最期のことばは、ロバート・ラングドンを探せというものだった。ほかのだれかを引きこめとは指示されていない。とはいえ、身をひそめる場所が必要なのはたしかだ。ソフィーはロバートの判断を信じることにした。

「サー・ロバート！」ふたりの背後から大声が響いた。「ご婦人と旅行中とはね」

ラングドンは立ちあがった。ソフィーもあわててそれにならった。声が聞こえたのは、二階の暗がりへと蛇行する階段の上からだった。薄闇のなかで動く人影だけが見える。

「こんばんは」ラングドンは声を張りあげた。「サー・リー、こちらはソフィー・ヌヴー」

「お目にかかれて光栄だ」ティービングは光のなかへ姿を現した。

「会ってくださって感謝しています」金属製の装具を両脚につけ、杖《つえ》を突いている男の姿を認め、ソフィーは言った。一段ずつ階段をおりてくる。「夜分遅くに申しわけありません」

「夜遅くは、朝早くでもある」ティービングは笑った。「アメリカのかたではないね《ヴー・ネト・パ・アメリケーヌ》?」

「パリ生まれ《パリジェンヌ》です」

「英語がとてもお上手だ」

「ありがとうございます。ロンドン大学のロイヤル・ホロウェイ校に留学していました」

「なるほど、どうりで」ティービングはぎこちない動きで少しずつおりてきた。「ロバートから聞いたかもしれないが、わたしはその近所にあるオックスフォードにかよっていた」ラングドンにいたずらっぽい笑みを向ける。「もちろん、滑り止めとしてハーヴァードも受験したがね」

階段の下まで来たティービングは、爵位を持つ人間に見えないことにかけては、サー・エルトン・ジョンにも負けなかった。赤ら顔で恰幅《かっぷく》がよく、髪は豊かな赤毛で、陽気そうな薄茶色の瞳《ひとみ》が何か話すたびに生き生きと輝く。ゆったりした絹のシャツの上にペイズリー織りのヴェストを着て、襞《ひだ》の刻まれたズボンを穿《は》いている。アルミニウム製の装具を脚につけているにもかかわらず、活力と威厳に満ちているが、それは意識して努力した結果ではなく、高貴な血筋がはからずも生んだものに感じられた。ティービングはラングドンに歩み寄って、手を差し出した。「ロバート、体重が落ちたんじゃないか」

ラングドンはにやりと笑った。「きみに奪われたらしい」

ティービングは楽しげに笑い、せり出した腹を叩《たた》いた。「一本とられたな。近ごろは食事ぐらいしか肉体的な快楽がなくてね」ソフィーのほうを向いてやさしく手をとると、軽くお辞儀をし、指に息が吹きかかるまで唇を近づけてから、視線をあげた。「ようこそ」

ソフィーはラングドンを見た。過去の世界に足を踏み入れてしまった気分だ。

玄関まで出迎えた執事が紅茶の道具一式を持って現れ、暖炉の前のテーブルに並べた。

「レミー・ルガリュデ」ティービングは言った。「わたしの執事だ」

瘦身《そうしん》の執事はしかつめらしく会釈し、ふたたび立ち去った。

「レミーはリヨンの出身だ」まるでそれが痛ましい病気であるかのように、ティービングは声をひそめた。「だがソースを作る腕前は一流だよ」

ラングドンは楽しげに言った。「イギリス人を雇えばいいじゃないか」

「とんでもない。イギリスの料理人の作ったものを食べさせてやりたい相手は、フランスの収税官だけだ」ティービングはソフィーに目を向けた。「これは失礼《パルドネ・モワ》、マドモワゼル・ヌヴー。わたしのフランス人ぎらいは、政治とサッカーの試合だけのことだから、ご安心を。お国の政府はわたしの金をかすめとっているし、サッカーチームは近ごろ恥をかかせてくれたのでね」

ソフィーは唇をゆるめた。

ティービングはしばしソフィーを見つめてから、ラングドンへ視線をもどした。

「何かあったらしいな。ふたりとも疲れているようだ」

ラングドンはうなずいた。「興味深い夜だったんだよ、リー」

「それはそうだろう。真夜中にいきなり現れて、聖杯の話を持ち出すぐらいなのだから。訊《き》きたいのだが、ほんとうに聖杯の件で来たのか、それともわたしを深夜に叩き起こせる唯一の話題だから口にしたのか、どちらだね」

両方が少しずつね、とソフィーは思い、ソファーの下に隠したクリプテックスの映像を頭に描いた。

「リー」ラングドンは言った。「シオン修道会について話したい」

ティービングは芝居がかったしぐさで濃い眉毛をあげた。「守護者か。それなら、たしかに聖杯がらみらしい。情報があると言っていたな。何か新発見でもあったのか」

「たぶんね。まだ断言はできない。きみの説明を聞いたら、はっきりするかもしれない」

ティービングは鼻先で指を振った。「相変わらず、ずる賢いアメリカ人だな。持ちつ持たれつというわけか。いいだろう。おおせのままにしよう。何が知りたい」

ラングドンは深く息をついた。「できれば、聖杯の真実をミズ・ヌヴーに教えてもらえるとありがたい」

ティービングは驚いた顔をした。「こちらのご婦人は何も知らないのか」

ラングドンはうなずいた。

ティービングの顔に浮かんだ笑みはほとんど卑猥《ひわい》ですらあった。「ロバート、処女を連れてきたというわけか」

ラングドンはたじろぎ、ソフィーに目をやった。「聖杯の真実の物語を聞いたことがない人を、マニアは〝処女〟と呼ぶんだよ」

ティービングはソフィーに向きなおり、目を凝らした。「どのくらい知っているのかね」

ソフィーは、ラングドンから聞いた話をかいつまんで話した。シオン修道会、テンプル騎士団、サングリアル文書。そして、聖杯はただの器ではなく、はるかに大きな力を秘めたものだと多くの人が主張していること。

「それだけなのか」ティービングは非難のまなざしをラングドンへ向けた。「ロバート、きみは紳士だと思っていたんだがね。クライマックスまで体験させてやらなかったとは！」

「いや、わたしときみのふたりでと思ったんだが……」ラングドンは下品な隠喩《いんゆ》にうんざりしていた。

ティービングはすでにその輝く瞳でソフィーを射すくめていた。「聖杯を知らぬ処女よ。請け合うが、はじめてのときはけっして忘れられないものだ」

55

ソフィーはラングドンの隣で紅茶とスコーンを口にしながら、カフェインと食べ物がもたらす心地よい効果に浸っていた。ティービングは石の床を杖で打ちながら、笑顔で暖炉の前を行きつもどりつしている。

「聖杯」ティービングは説法調で言った。「世の人々は、どこにあるかばかりをわたしに尋ねる。残念ながら、その質問には永遠に答えられないだろう」振り返ってソフィーをまっすぐ見つめる。「しかし、それよりはるかに当を得た質問はこうだ——聖杯とは何か」

ソフィーは、男性ふたりのあいだで学究心が高ぶっていくのを感じとった。

「聖杯を完全に理解するためには」ティービングはつづけた。「まず聖書を理解しなくてはならない。新約聖書についての知識は？」

ソフィーは肩をすくめた。「まったくありません。わたしを育てたのは、レオナルド・ダ・ヴィンチを敬愛する人でした」

ティービングは驚きながらもうれしそうだった。「賢明なる人物だ。すばらしい。

それならきみも、レオナルドが聖杯の真実を守り伝えたことを知っているはずだ。その絵に手がかりを隠したことも」

「ええ、ロバートがそう教えてくれました」

「では、ダ・ヴィンチが新約聖書をどうとらえていたかは?」

「知りません」

ティービングは楽しげな目をして、部屋の向こう側の書棚を手で示した。「ロバート、頼んでもいいかね。いちばん下の段だ。『ラ・ストーリア・ディ・レオナルド』——〝レオナルド伝〟を」

ラングドンは部屋を横切り、大きな美術書を見つけると、持ってきてテーブルに置いた。ティービングはソフィーが読めるように美術書の向きを変えて重厚な表紙を開き、裏表紙の内側に並ぶ引用文を見せた。「論証法や思索について、ダ・ヴィンチが書いた手稿から抜粋したものだ」そのひとつを指さした。「いまの話題にふさわしいだろう」

ソフィーは読んだ。

多くの者が偽りの奇跡を教えて妄想を掻《か》き立て、蒙昧《もうまい》なる大衆を欺いてきた。

——レオナルド・ダ・ヴィンチ

「これも読むといい」ティービングは別の引用文を指し示した。

無知迷妄はわれらを誤り導く。
哀れな人間たちよ、おのが目を開け！

——レオナルド・ダ・ヴィンチ

ソフィーは少し寒気を覚えた。「これはダ・ヴィンチが聖書について語ってるのかしら」

ティービングはうなずいた。「レオナルドが聖書をどうとらえていたかは、聖杯と密接な関係がある。実のところ、ダ・ヴィンチは聖杯の真の姿を絵に描いていて、それはすぐに見せるつもりだが、まず聖書の話をしなくてはならない」笑みを浮かべる。「しかし、聖書について知っておくべきことは、偉大なる大聖堂参事司祭でもあるマーティン・パーシー博士のつぎのことばに要約される」咳払《せきばら》いをして高らかに言った。「聖書は天国からファクシミリで送られてきたのではない」

「なんですって？」

「聖書は人の手によるものだということだ。神ではなくてね。雲の上から魔法のごとく落ちてきたわけではない。混沌《こんとん》とした時代の史記として人間が作ったもので、数かぎりない翻訳や増補、改訂を経て、徐々に整えられた。聖書の決定版というものは、歴史上一度も存在していないのだよ」

「なるほど」

「イエス・キリストは恐るべき影響力を備えた歴史上の人物であり、おそらく古今東西を通して最も謎に満ち、霊的な力に富んだ指導者だった。預言にあるメシアとして、その教えは生きつづけ、多くの王を放逐し、何百万もの人々を導き、新たな思想を生み出した。ソロモン王とダヴィデ王の末裔であるイエスは、ユダヤの王たる正当な権利を持っていた。各地にいた数千の信者がその生涯を記録に残したのも当然だ」ティービングは紅茶をひと口飲んで、カップを炉棚へもどした。「新約聖書を編纂《へんさん》するにあたって、八十を超える福音書が検討されたのだが、採用されたのは、それに比すればごくわずか――マタイ、マルコ、ルカ、ヨハネの各伝だけだった」

「どの福音書を入れるかはだれが選んだんですか」ソフィーは尋ねた。

「そう！」ティービングは情熱をこめて叫んだ。「キリスト教の根本的な皮肉はそれだよ。今日の形に聖書をまとめたのは、異教徒のローマ皇帝であったコンスタンティヌス帝だ」

「コンスタンティヌスはキリスト教徒だったと思いますけど」

「とんでもない」ティービングは鼻で笑った。「コンスタンティヌスは生涯を通じて異教徒で、抗《あらが》う気力のなかった死の床で洗礼を受けさせられたにすぎない。当時のローマの国教は太陽崇拝で、ソル・インウィクトゥス、すなわち不滅の太陽神を信仰し、コンスタンティヌスはその大神官だったが、折あしく、宗教紛争がローマ帝国に蔓延《まんえん》しつつあった。イエス・キリストの磔刑《たっけい》から三世紀を経たそのころには、キリスト教の信者がすさまじい勢いで増えたために、異教徒との争いが頻発し、激しさのあまりローマをふたつに分裂させかねないまでになっていた。コンスタンティヌスとしても何か手を打たざるをえず、やがてキリスト教を公認し、帝国の統一に利用しようとした」

ソフィーは驚いた。「なぜ異教徒の皇帝がキリスト教を公認したのかしら」

ティービングは含み笑いをした。「コンスタンティヌスはやり手の実業家だったのだよ。キリスト教がのぼり調子だと見るや、単に勝ち馬に賭《か》けたわけだ。コンスタンティヌスが太陽崇拝の異教徒をキリスト教へ改宗させた鮮やかな手並みに、いまも歴史学者たちは舌を巻いている。異教の象徴や暦や儀式を、キリスト教の発展途上の伝統と融合させ、双方が受け入れやすい、いわば混血の宗教を創り出した」

「習合だな」ラングドンが口をはさんだ。「キリスト教で使われる象徴に異教の痕跡《こんせき》が残っているのはまぎれもない事実なんだよ。エジプトの太陽神の頭上にある円盤は、カトリックの聖人の光輪と化した。イシスは奇跡的な方法で息子ホルスを身ごもったが、その授乳の姿を描いた壁画は今日の聖母子像の原型となっている。カトリックの典礼のほとんどすべての要素は――司教冠や祭壇や栄誦《えいしょう》、そして〝神を食べる〟行為である聖体拝領も――かつての神秘的な異教から直接受け継がれたものだ」

ティービングはうなった。「キリスト教の図像について宗教象徴学者に語らせはじめると大変だぞ。キリスト教が独自に生み出したものなどないのだから。キリスト教以前に〝神の子〟や〝世の光〟と呼ばれていたミトラ神は、十二月二十五日に生まれ、死後は岩の墓に葬られたが、三日で復活したという。さらに言えば、十二月二十五日はエジプトのオシリスや、ギリシャのアドニスとディオニュソスの誕生日でもある。また、インドのクリシュナが生まれたときには、イエスと同じく金貨と乳香と没薬《もつやく》を贈られている。キリスト教の毎週の聖日すら、異教から借用したものだ」

「というと？」

「つまりね」ラングドンが言った。「元来キリスト教はユダヤ教の安息日である土曜日を聖別していたんだが、コンスタンティヌスが、異教徒の尊ぶ太陽の日と一致するように変更したんだよ」にこりと笑う。「いまでは、日曜の朝に礼拝に出かける信者のなかに、自分たちが教会へ出向くのは、異教の太陽神を祝福する聖なる曜日――日曜日《サンデー》――だからだと知っている人はほとんどいないだろうけどね」

ソフィーはめまいを感じた。「いまの話が全部聖杯に関係してるって？」

「そのとおり」ティービングは言った。「しっかり聞いてくれ。宗教の融合を進めていくうえで、キリスト教の新たな伝統を確立する必要に迫られたコンスタンティヌスは、有名なニケーア公会議を開催した」

ソフィーもその会議について聞いたことはあったが、ニケーア信条が定められたことくらいしか知らなかった。

「この公会議で、キリスト教のさまざまな点が議論され、票決がおこなわれた。復活祭の日付、司教の役割、秘蹟《ひせき》の授与、そして言うまでもなく、イエスを神とするかどうかについて」

「どういうことかしら。イエスを神とするかですって？」

「いいかね」ティービングは声を大きくした。「その時点まで、信者たちはイエスを人間の預言者だと――影響力に富んだ偉大な人物ではあるが、あくまでも人間と見なしていたのだよ」

「神の子ではないということ？」

「そうだ。〝神の子〟というイエスの地位は、ニケーア公会議で正式に提案され、投票で決まったものだ」

「ちょっと待って。投票の結果、イエスが神になったの？」

「かなりの接戦だったがね」ティービングは言い添えた。「とはいえ、イエスを神となすことは、ローマ帝国の統一を強固なものとし、誕生したばかりのヴァチカンの権力基盤を確立するうえで大きな意味を持っていた。コンスタンティヌスは、イエスが神の子であると公に宣することによって、人間世界を超越した存在、侵すべからざる存在へとイエスを変えた。そのせいで、異教徒がキリスト教に刃向かえなくなったばかりか、キリスト教徒自体も、既成の聖なる窓口、すなわちローマ・カトリック教会に救いを求めるしかなくなったわけだ」

ソフィーがラングドンを見ると、同意を示す軽いうなずきが返ってきた。

「すべては権力の問題だ」ティービングはつづけた。「メシアたるキリストの存在は、教会とローマ帝国が存続していくために不可欠だった。初期の教会は従来の信者からイエスをまさしく奪い、人間としての教えを乗っとり、神性という不可侵の覆いで包み隠し、それによって勢力を拡大した、と多くの学者が主張している。わたしもその主題で何冊か本を書いたよ」

「熱心な信者から毎日のように抗議の手紙が送られてきそうね」

「そうでもない」ティービングは否定した。「教養のあるキリスト教徒の大多数は、おのれが信じるものの歴史を知っている。たしかにイエスは、並はずれた力を備えた偉人だった。コンスタンティヌスの腹黒い政略のせいで、イエスの生涯の偉大さが損なわれるわけではない。だれもイエスを詐欺師呼ばわりなどしていないし、イエスが地上を歩き、幾多の民をよりよき生へと導いたことを否定してもいない。われわれはただ、イエスの大いなる影響力をコンスタンティヌスが巧みに利用したと言っているだけだ。キリスト教の今日の姿は、そういった作為の結果なのだよ」

ソフィーは美術書に視線を落とした。早くダ・ヴィンチの描いた聖杯の絵を見たくてたまらない。

「では、どうやってねじ曲げられたのか」ティービングは早口になって言った。「コンスタンティヌスがイエスの地位を押しあげたのは、死後三世紀もたってのことだったから、その時点で、人間としてのイエスの生涯を記した数千に及ぶ文書がすでに存在していた。歴史を書き換えるには大胆な一撃が必要であることを、コンスタンティヌスが知らなかったはずがない。そして、キリスト教史上最も大きな意味を持つ瞬間が訪れた」ティービングはそこで間を置き、ソフィーを見据えた。「コンスタンティヌスは資金を提供して新たな聖書を編纂するよう命じ、イエスの人間らしい側面を描いた福音書を削除させ、神として記した福音書を潤色させた。以前の福音書は禁書とされ、集めて焼却された」

「興味深い話があるんだ」ラングドンが付け加えた。「コンスタンティヌスの聖書で禁じられた福音書を選んだ者は、だれであれ異端者と見なされた。異端ということばはこの時期から使われはじめたんだよ。ラテン語の〝haereticus〟には、もともと〝選択〟という意味があった。イエス・キリストの本来の物語を選択した人々が、世界で最初の異端者《heretic》というわけだ」

「歴史学者にとっては幸いなことに」ティービングは言った。「コンスタンティヌスが抹殺しようとした福音書のなかには、かろうじて残ったものがある。一九四〇年代から五〇年代にかけて、パレスチナの砂漠にあるクムラン付近の洞窟《どうくつ》で、死海文書が発見された。そして、一九四五年にはナグ・ハマディでコプト語文書が見つかっている。これらは聖杯の真実の物語を記すとともに、イエスの伝道を実に人間くさく描いている。もちろんヴァチカンは、情報操作の伝統に則《のっと》って、文書の公開を懸命に阻止しようとした。まあ、当然だろうな。これらの文書によって、史実とのあからさまな矛盾や欺瞞《ぎまん》が露見し、今日の聖書が改竄《かいざん》編集のたまものであることが疑問の余地なく立証されるのだから。イエス・キリストという男こそ神であると言い広めて、その影響力を権力基盤の安定のために利用してきたことが発覚してしまう」

「しかしね」ラングドンは反論した。「教会がそうした文書の存在を隠したがるのは、古来のキリストの位置づけを心から信じるがゆえだということも忘れちゃいけない。ヴァチカンはきわめて敬虔《けいけん》な人たちの集まりで、それらの文書は捏造《ねつぞう》された証拠にすぎないとだれもが信じきってるんだよ」

ティービングは含み笑いをしながら、ソフィーの向かいにある椅子に腰をおろした。「聞いてのとおり、われらが教授はヴァチカンに対してわたしよりはるかに甘い。そうは言っても、現代の聖職者がこうした文書を捏造されたものと信じているのはたしかだ。驚くにはあたらない。長年にわたって、コンスタンティヌスの聖書が絶対の真理だったのだからな。洗脳する者こそ、だれよりも洗脳されている」

「リーが言いたいのはね」ラングドンは言った。「われわれは先祖が崇《あが》めた神を崇めるということだよ」

「わたしが言いたいのは」ティービングは切り返した。「キリストについて先祖から伝えられたほとんどの話が捏造されたものだということだ。聖杯の物語と同じく」

ソフィーはふたたびダ・ヴィンチからの引用に目をやった――無知迷妄はわれらを誤り導く。哀れな人間たちよ、おのが目を開け！

ティービングは美術書へ手を伸ばして、中ほどをめくった。「では、ダ・ヴィンチが描いた聖杯を鑑賞する前に、これをざっと見てもらいたい」見開きいっぱいにひろがるカラーの絵を示した。「この絵は知っているね」

からかってるの？　ソフィーは歴史上最も有名な壁画のひとつである〈最後の晩《ばん》餐《さん》〉を見つめた。ミラノに近いサンタ・マリア・デッレ・グラツィエ教会にある、ダ・ヴィンチの伝説的な壁画だ。傷みの激しい画面には、イエスが弟子たちへ向かって、このなかに自分を裏切るつもりの者がいると語った場面が描かれている。「ええ、知ってるわ」

「では、ちょっとしたゲームに付き合ってくれないか。目を閉じて」

わけのわからないまま、ソフィーは目をつぶった。

「イエスはどこにすわっている？」ティービングは訊いた。

「真ん中に」

「よろしい。では、イエスと弟子は何をちぎって食べている？」

「パンよ」あたりまえでしょう？

「すばらしい。飲み物は？」

「ワイン。ワインを飲んでるわ」

「おみごと。最後の質問だ。テーブルの上にはワイングラスがいくつある？」

引っかけの質問だと感づき、ソフィーは少し考えた。そして主はぶどう酒の杯をとり、弟子たちに分け与えられ……。「ひとつよ。脚のついた杯が」キリストの杯。聖杯。「現代のキリスト教徒が聖餐のときにするのと同じように、ワインのはいったひとつの杯をまわし飲みしたのよ」

ティービングは深く息をついた。「目をあけて」

ソフィーは従った。ティービングが得意げな笑みを浮かべている。絵を見おろすと、驚いたことに、キリストを含めた全員の前にワイングラスが置かれていた。十三個のグラス。しかも、脚のない、ガラス製の小さなものだ。脚のついた杯は見あたらない。聖杯などどこにもない。

ティービングの目がきらめいた。「聖書も一般の聖杯伝説も、このときこそ聖杯がまさに誕生した瞬間だと述べているのに、少々おかしいとは思わないかね。おかしなことに、ダ・ヴィンチはキリストの杯を描くのを忘れてしまったかのようだ」

「美術研究家はきっと気づいてるはずね」

「ほとんどの学者が見過ごすか無意味だと片づけているが、ダ・ヴィンチのこの絵にどれほど異常な点があるかを知ったら、きみも仰天するだろう。この壁画には、聖杯の謎を解く鍵《かぎ》がすべてそろっている。ダ・ヴィンチは〈最後の晩餐〉に手がかりをはっきりと残したわけだ」

ソフィーは食い入るように絵を見た。「この壁画が、聖杯とは何かという質問に答えてくれるのね？」

「何かではない」ティービングはささやいた。「だれかだ。聖杯は物ではない。実を言うと、聖杯は……人なのだよ」

56

ソフィーはティービングをまじまじと見つめ、それからラングドンに顔を向けた。

「聖杯が人ですって？」

ラングドンはうなずいた。「さらに言えば、ある女性だ」ソフィーの呆然《ぼうぜん》とした顔から、すでに話についていけずにいるのが感じとれた。その説を最初に耳にしたとき、自分も似た状態に陥ったのが思い出される。女性とのつながりを確信できたのは、聖杯に隠された象徴の意味を理解してからだった。

ティービングも同じように感じたらしい。「ロバート、ここからは象徴学者が説明したらどうだ」近くの側卓へ歩み寄り、紙を一枚持ってきて、ラングドンの前に置いた。

ラングドンはポケットからペンを抜きとった。「ソフィー、男性と女性を表すのに現在使われている記号は知ってるね」よく見かける男性の象徴♂と女性の象徴♀を書いた。

「もちろん」ソフィーは答えた。

「これらの記号は」ラングドンは静かに言った。「男女を表す象徴の原形じゃないんだ。男性の象徴は盾と矛に由来し、女性の象徴は美を映す鏡を表していると、多くの人が誤解している。だが実のところ、この象徴は、男神の名でもある火星《マース》と女神の名でもある金星《ヴィーナス》を表す古代の天文記号に端を発している。もともと使われていたのはずっと単純なものだ」そう言って、別の記号を紙に書いた。

＜

「これが男性を表す当初の記号だ。簡略化した男根だよ」

「見てのとおりね」ソフィーは言った。

「そうとも言える」ティービングが言い添えた。

ラングドンはつづけた。「この記号は、正式には〝剣〟として知られていて、攻撃性と男らしさを表している。男根の象徴なのに、いまも軍隊で制服の階級章に使われているほどだ」

「たしかに」ティービングはにやりと笑った。「ペニスの数が多ければ多いほど、階級が高いというわけだ。男が考えることはいくつになっても同じだな」

ラングドンは顔をしかめた。「先へ進もう。ご想像どおり、女性の記号はこれと逆向きのものだ」もうひとつ記号を書く。「これは〝杯〟と呼ばれている」

ソフィーは驚いた様子で目をあげた。

つながりに気づいたらしいのをラングドンは見てとった。「これは椀《わん》や器に似ているが、より重要なのは女性の子宮の形にも似ていることだ。この象徴は、雌性、女性らしさ、多産などを表している」まっすぐにソフィーを見つめる。「ソフィー、伝説によれば、聖杯とは文字どおり杯——ただの器だ。でも、聖杯が杯だという伝承は、それにまつわる真実を守るための寓話《ぐうわ》なんだよ。つまり、それよりはるかに重要なものの比喩として杯を使ったわけだ」

「ある女性だということね」

「そのとおり」ラングドンは微笑んだ。「杯はまさに女性らしさを表す古代の記号だから、聖杯とは聖なる女性や女神の象徴なんだよ。もちろん、それは教会によってほぼ完全に抹殺されてしまった。女性の力と、命を生み出すその能力は、古くはきわめて神聖なものとされたけれど、男性の支配する教会が勢力を伸ばすにあたっては脅威だったから、聖なる女性は逆に邪悪で不浄なものと見なされるようになった。イヴがリンゴを食べたのがきっかけで人類の堕落がもたらされたとする〝原罪〟の概念は、神ではなく男が考え出したものだ。かつて生命の神聖なる贈り手だった女性は、そんなふうにして敵となったんだよ」

「補足しよう」ティービングが口をはさんだ。「女性が生命をもたらすという考えは、古代の宗教の礎となっていた。出産は謎と力に満ちている。悲しいかな、キリスト教の思想は生物学上の真理を無視して男性を創造者と定め、それによって女性の持つ創造の力を蹂躙《じゅうりん》した。創世記では、イヴはアダムの肋骨《ろっこつ》から創られたことになっている。女は男の副産物とされた。しかも、罪深い副産物だ。創世記は女神の没落のはじまりだった」

「聖杯とは」ラングドンは言った。「忘れ去られた女神の象徴だ。キリスト教が栄えつづけたといっても、古代の異教がやすやすと滅びたわけじゃないんだ。失われた聖杯を探す騎士たちの伝説は、実のところ、失われた聖なる女性を追い求める、禁じられた探索の物語なんだよ。騎士が〝杯を探す〟と語るのは、隠語を用いることで教会の弾圧から身を守るためだ。教会は女性を隷属させ、女神を追放し、屈しない者を火刑に処し、聖なる女性を崇《あが》める異教を弾圧してきたんだから」

ソフィーは首をかしげた。「ところで、聖杯とは人のことだとあなたたちが言ったとき、実在の人物を指してるのかと思ったんだけど」

「実在の人物だよ」ラングドンは言った。

「それも、ただ者ではない」ティービングは強い口調で言い、不自由な脚で勢いよく立ちあがった。「重大な秘密をかかえた女性だ。その秘密が明らかになれば、キリスト教を根底から覆しかねない」

ソフィーは気圧《けお》された様子だった。「歴史上有名な女性なの？」

「有名だ」ティービングは杖《つえ》を引き寄せ、廊下のほうを示した。「書斎へ移ってくれたら、ダ・ヴィンチが描いたその女性の絵を見せて進ぜよう」

ふた部屋離れたキッチンでは、執事のレミー・ルガリュデがテレビの前で静かに立ちつくしていた。ニュース番組が流しているのは、ひと組の男女の写真だった。たったいま自分が紅茶を出したばかりのふたりだ。

57

チューリッヒ保管銀行の前にめぐらされた検問用の柵《さく》のかたわらで、コレ警部補は、ファーシュが捜索令状を持って現れるのがなぜこんなに遅れているのかと考えた。銀行側は何かを隠しているにちがいない。ラングドンとソフィーが先刻訪れたものの、正しい口座番号を知らなかったから立ち去ったなどと主張している。だったら、どうして中を見せようとしない？

ようやく携帯電話が鳴った。ルーヴル美術館の司令室からだった。「まだ捜索令状はとれないのか」コレはきびしい声で言った。

「銀行はひとまず忘れてください、警部補」捜査官の声が響いた。「たったいま情報がはいったんです。ラングドンとヌヴーの正確な潜伏場所がわかりました」

コレは車のボンネットに荒々しく腰をおろした。「冗談だろう」

「郊外の所番地です。ヴェルサイユの近くですね」

「ファーシュ警部は知ってるのか」

「まだです。重要な用件で電話をかけていらっしゃるらしくて」

「わたしはその場所へ向かう。手があきしだい連絡をもらいたいと警部に伝えてくれ」所番地を書き留め、車に飛び乗った。銀行から遠ざかりながら、コレはだれがラングドンの居場所を密告したのかを尋ね忘れたのに気づいた。かまうまい。幸運にも、疑念を封じて失敗を埋め合わせる好機が訪れた。まもなく、これまで経験したことがないほど華々しい逮捕劇が演じられる。

随行する五台の車に無線で指示した。「サイレンを鳴らすな。ラングドンはわれわれが追っていることを知らないはずだ」

二十五マイル離れた場所で、黒いアウディが田舎道をはずれて、野原の端の暗がりで停まった。車からおりたシラスは、眼前にひろがる広大な敷地を鉄柵越しにのぞきこんだ。視線をあげると、月明かりに照らされた長い斜面がかなたのシャトーまでつづいているのが見えた。

一階の明かりがすべて灯《とも》っている。こんな時間にしては妙だと思い、笑みがこぼれた。導師から聞いた情報は正しかったわけだ。絶対にこの家でキー・ストーンを手に入れる、とシラスは誓った。司教と導師を失望させはしない。

ヘッケラー＆コッホに十三発入りの弾倉がはいっているのを確認し、柵の隙間から苔《こけ》の生えた地面へ落とした。それから柵の上部をつかんで体を引きあげ、向こう側へ飛びおりた。シリスの激痛をものともせず、シラスは銃を拾い、長く草深い坂をのぼりはじめた。

58

ティービングの〝書斎〟は、ソフィーがこれまで目にしたどんな書斎にも似ていなかった。その仕事部屋は、きわめて豪華な事務室と比べても六倍ないし七倍の広さを持ち、さながら科学研究室と古文書図書館と蚤《のみ》の市をごた混ぜにしたような観がある。頭上に三つのシャンデリアが輝くなか、果てしなくひろがるタイル張りの床のところどころに、いくつかの作業台がまとめて置かれ、本や美術作品や工芸品とともに、コンピューター、プロジェクター、電子顕微鏡、コピー機、フラットベッド型スキャナーなど、驚くべき数の電子機器が台の上を埋めつくしている。

「舞踏室を改装したのだよ」脚を引きずりつつ部屋へ進みながら、ティービングがきまり悪そうに言った。「わたしにはダンスをする機会などないからな」

夜がまるごと現実とも幻想ともつかぬ存在と化し、想像の域を超えてしまったかのように、ソフィーは感じた。「研究のためだけにこれを？」

「真理を学ぶことはわたしの人生そのものだ。そしてサングリアルはわが最愛の女《ひと》なのだよ」

聖杯とはある女性なのか。ソフィーの頭のなかでさまざまな想像がからみ合い、意味不明のコラージュを作りあげていた。「あなたの説によると、聖杯を表す女性の絵がここにあるんでしょう?」

「たしかにあるが、聖杯がその女性だと主張しているのはわたしではない。イエス・キリスト本人だよ」

「どの絵かしら」ソフィーは壁に目を走らせながら訊《き》いた。

「ふむ……」ティービングは忘れたかのように装った。「聖杯。サングリアル。杯」突然向きを変え、反対側の壁を指さした。そこに掛かっていたのは、差し渡し八フィートはある〈最後の晩餐《ばんさん》〉の複製写真だった。ソフィーが先刻見ていたものと同じ絵柄だ。「あそこだ!」

何かのまちがいだろうとソフィーは思った。「それはさっき見せてもらったのと同じ絵だけど」

ティービングはウィンクをした。「そのとおり。しかし大きいほうがはるかに刺激的だ。そう思わないかね」

ソフィーは助けを求めてラングドンに顔を向けた。「わけがわからないわ」

ラングドンは微笑んだ。「〈最後の晩餐〉のなかには、たしかに聖杯がその姿を現してる。レオナルドはそこにはっきり描いたんだ」

「待ってよ」ソフィーは言った。「聖杯は女性なんでしょう？〈最後の晩餐〉に描かれているのは、十三人の男性よ」

「ほんとうかね？」ティービングは眉《まゆ》をあげた。「よく見るといい」

ソフィーは半信半疑で絵に歩み寄り、十三人の姿をながめた。中央にイエス・キリスト、その左側に六人の弟子、右側にも六人の弟子。「みんな男よ」ソフィーは断言した。

「おやおや。主の右の誉れある席に座している人物はどうかね」

ソフィーは、イエスから見てすぐ右側の人物に目を凝らした。顔立ちや体つきを観察するにつれ、驚愕《きょうがく》がこみあげてきた。赤い髪がゆるやかに垂れ、組んだ指は華奢《きゃしゃ》で、胸がかすかにふくらんでいる。この人物は疑いもなく……女性だ。

「この人、女よ！」ソフィーは叫んだ。

ティービングは笑った。「驚いたかね。もちろん、作者がしくじったわけではない。レオナルドは男女の描き分けに長《た》けていた」

ソフィーはキリストの横の女性から目を離せなかった。〈最後の晩餐〉は十三人の男の絵のはずだ。この女性はだれだろう。何度も目にした名画なのに、この異常きわまりない特徴には一度も気づかなかった。

「だれもが見過ごすことだ」ティービングは言った。「この場面についてわれわれは強烈な先入観を持っているから、脳が矛盾を見て見ぬふりをして、あるがままを受け入れようとしない」

「〝盲点《スコトマ》〟だな」ラングドンが言い添えた。「強い思いこみが存在するとき、脳がこの反応をすることがある」

「ここに女性がいるのを見逃す理由をもうひとつあげられる」ティービングは言った。「美術書に載っているこの絵の写真の多くは一九五四年以前に撮られたもので、そのころはまだ、汚れの層や、十八世紀に数度施されたつたない修復の下に、細部が隠れていた。最近になってよけいなものが落とされ、ダ・ヴィンチみずからの手による壁画が現れた」ティービングは手で写真を示した。「あれだ《エ・ヴォワラ》！」

ソフィーはさらに絵へ近づいた。イエスの横の女性は若々しく、美しい赤髪を持ち、物静かな顔に信心深い表情を浮かべ、手を軽く組んでいる。これが、ひとりで教会の基盤を揺るがしかねない女性だって？

「この人はだれなの？」ソフィーは尋ねた。

「この女性は」ティービングは答えた。「マグダラのマリアだ」

ソフィーは振り返った。「あの娼婦《しょうふ》の？」

そのことばで自分が傷つけられたかのように、ティービングは短くため息をついた。「マグダラのマリアは娼婦などではない。その不幸な誤解は、初期の教会による組織的中傷の名残だ。教会がマグダラのマリアを貶《おとし》めたのは、その危険な秘密を――聖杯としての役割を――闇に葬るためだ」

「役割？」

「さっきも言ったとおり」ティービングは説明した。「かつての教会は、人間の預言者であるイエスが神だと世間を納得させなくてはならなかった。それゆえ、イエスの生涯の世俗的な面を記した福音書を、すべて聖書から除外した。しかし昔の編集者にとっては不都合なことに、とりわけ扱いにくいひとつの話題が数々の福音書に繰り返し現れていた。それがマグダラのマリアだ」ティービングは間《ま》をとった。「より具体的に言えば、イエス・キリストとマグダラのマリアとの結婚だ」

「なんですって？」ソフィーはラングドンに目をやり、それからティービングへもどした。

「史実として記録されている」ティービングは言った。「そしてダ・ヴィンチはまちがいなくその事実を知っていた。〈最後の晩餐〉は見る者に対し、イエスとマグダラのマリアが夫婦だったと叫んでいるも同然だ」

ソフィーは絵をふたたび見た。

「イエスとマグダラのマリアが対照的な服装をしているのがわかるかね」ティービングは中央のふたりを指さした。

ソフィーは息を呑《の》んだ。たしかに、ふたりの服の色は正反対だ。イエスは赤い長衣に青いマントをまとっている。マグダラのマリアは青い長衣に赤いマントだ。陰と陽というわけか。

「不思議な点もある。イエスとその妻は、腰のあたりで接しているらしいにもかかわらず、上半身を遠ざけ合っている。あたかもふたりのあいだに、無意味な空間を切りとりたいかのように」

ティービングが輪郭をなぞってみせるまでもなく、ソフィーは悟った。まぎれもないVの形が絵の中心にある。ラングドンがさっき書いた、聖杯や女性の子宮を表す記号そのものだ。

「最後に、イエスとマグダラのマリアを、人物というより、あるものを構成する一部として見れば、別の形がはっきり浮かびあがるはずだ」ティービングはことばを切った。「アルファベットの一文字だよ」

すぐにソフィーにもわかった。浮かびあがるどころか、すぐにその文字しか目にはいらなくなった。絵の中央に鮮やかに現れたのは、見まちがえようもない巨大なMの字だった。

「偶然の一致とするには、あまりにもできすぎだと思わないか」ティービングは尋ねた。

ソフィーは驚嘆していた。「なぜこの文字がここに？」

ティービングは肩をすくめた。「陰謀マニアなら、結婚《マトリモニオ》かマグダラのマリアを表していると言うだろうな。正直なところ、だれにもわからないのだよ。確実なのはMの字が秘められていることだけだ。聖杯を扱った数かぎりない作品に、このMの字が隠されている。透かし模様や、下塗りや、さりげない構図のなかにだ。もちろん、最も露骨にMの字が記されているのは、ロンドンにあるノートル・ダム・ド・フランス教会の祭壇だが、これを設計したのはシオン修道会の元総長ジャン・コクトーだ」

ソフィーはいまの話を反芻《はんすう》した。「たしかにMの隠し文字は興味深いけど、それだけではイエスとマグダラのマリアが結婚していた証拠にならないと思う」

「いや」ティービングは、本が積み重なったかたわらのテーブルへ歩み寄った。「すでに話したように、イエスとマグダラのマリアの結婚は史実として記録されている」

本の山を掻《か》き分けはじめる。「それに、イエスを既婚の男性とするほうが、聖書に従って独身だったとする通説よりもはるかに理にかなっている」

「どうして?」ソフィーは尋ねた。

「イエスがユダヤ人だったからだよ」本を探すティービングにかわってラングドンが言った。「当時の社会秩序は、男性が結婚しないことを事実上禁じていたんだ。ユダヤ人の慣習では、独身は非難され、息子にふさわしい嫁を見つけるのが父親の義務だった。もしイエスが結婚しなかったのなら、福音書のどれかがそれに言及し、独身という不自然な状態を通した理由についてなんらかの説明をしているはずだ。ところがそんな記述はどこにもない」

ティービングはとてつもなく大きな本を見つけ出して、自分のほうへ引き寄せた。ポスター並みの大きさの革装本で、巨大な地図帳を思わせる。表紙には『グノーシス主義福音書』と書かれている。それをティービングがひろげ、ラングドンとソフィーものぞきこんだ。古文書の拡大写真らしきものが載っており、傷みの激しいパピルスに手書きの文字が並んでいる。ソフィーにはその古代言語が理解できなかったが、見開きの反対側のページに、活字で記された翻訳文が見てとれた。

「さっき話したナグ・ハマディ文書と死海文書の写真だ」ティービングは言った。

「キリスト教の最古の記録だよ。厄介にも、聖書の福音書の内容と一致していない」中ほどを開いて、一節を指で示した。「ピリポによる福音書からはじめるのがいちばんだ」

ソフィーは読んだ。

　そして主《しゅ》の連れはマグダラのマリアである。キリストはどの弟子よりも彼女を愛し、しばしば唇に接吻《せっぷん》した。ほかの弟子たちはこれに苛立《いらだ》ち、非難の意をあらわにした。弟子たちは言った。「なぜわたしたちよりも彼女を愛するのですか」

ソフィーは内容に驚きつつも、決定的な証拠とは言えないと思った。「結婚していたとは書かれていないわ」

「とんでもない《オー・コントレール》」ティービングは笑顔で最初の行を指さした。「アラム語学者ならだれでも知っているが、〝連れ〟ということばは、当時はまさしく配偶者を意味している」

ラングドンはうなずいて同意を示した。

ソフィーは最初の行を読み返した――そして主の連れはマグダラのマリアである。

ティービングがページをめくって、ほかの数節も見せたが、驚くべきことに、どれもマグダラのマリアとイエスが恋愛関係にあったことを明らかにうかがわせた。目を通しながら、子供のころ、腹立たしげなひとりの司祭がわが家のドアを激しく叩《たた》いていたのを思い出した。

「ジャック・ソニエールの家だな」その司祭は、ドアをあけた幼いソフィーをにらんで問いただした。「ソニエールが書いたこの論説記事のことで話がある」そう言って新聞を示した。

ソフィーが祖父を呼ぶと、ふたりの男は書斎へはいってドアを閉めた。おじいちゃんが新聞に何か書いたの？　すぐさまキッチンへ走り、その日の朝刊をひろげた。二ページ目に祖父の名前が載った記事を見つけ、それを読んだ。全部はわからなかったが、フランス政府が聖職者の圧力を受け、イエスとマグダラのマリアという女性とのセックスが描かれているアメリカ映画〈最後の誘惑〉の上映禁止に同意したらしい。その記事で祖父は、カトリック教会は傲慢《ごうまん》であり、上映禁止の措置はまちがっていると述べていた。

あの司祭は頭がおかしいにちがいない、とソフィーは思った。

「ポルノ映画ですぞ！　神への侮辱だ！」司祭は叫びながら書斎から出てきて、玄関へ突進した。「よくもこんなものを支持できますな！　マーティン・スコセッシという アメリカ人は神を冒瀆《ぼうとく》している！　このフランスでは、いかなる表現の場も与えてはならない！」ドアを叩きつけて去った。

キッチンに現れた祖父は、新聞を手にしたソフィーを見て渋い顔をした。「反応が早いな」

ソフィーは言った。「おじいちゃんはイエス・キリストに恋人がいたと思ってるの？」

「いや、どんな考え方がいいだの悪いだの、教会が指図する権利はないと書いただけだよ」

「イエスには恋人がいたの？」

祖父はしばし黙した。「もしいたとしても、そんなに悪いことかい」

ソフィーは考えこみ、やがて肩をすくめた。「別に気にならないわ」

ティービングはなおも話しつづけた。「イエスとマグダラのマリアの結びつきを示す資料を並べ立てて、退屈させるつもりはない。近年の歴史学者が、いやと言うほど研究しているからな。だが、ひとつだけ指摘したい」別の個所を示した。「これはマグダラのマリア自身による福音書の一節だ」

マグダラのマリアのことばで語られた福音書が存在することなど、ソフィーは知らなかった。そこにはこう書かれていた。

そしてペテロは言った。「わたしたちの知らないところで、ほんとうに主は彼女と語り合っていらっしゃるのか。わたしたちは態度を改め、こぞって彼女のことばに耳を傾けるべきなのか。主はわたしたちよりも彼女を気に入っておられるのか」

レヴィは答えた。「ペテロよ、あなたはいつも激しやすい。かの女性を敵のごとく見なして張り合っているのが見てとれる。もし主が彼女を尊ぶべきとなさるなら、それを拒むあなたはいったい何者か。主はまちがいなく彼女を知りつくしている。だからこそ、わたしたちよりも彼女を愛したのだ」

「ふたりの話に登場する女性がマグダラのマリアだ。ペテロは嫉妬《しっと》している」

「イエスがマグダラのマリアを偏愛しているから?」

「それだけではない。愛情よりも利害の問題のほうがはるかに大きかったのだよ。福音書に記されたこの時点で、イエスは自分がまもなく捕らえられ、処刑されると察していた。だから、死後にどう教会を運営していくべきかをマグダラのマリアに伝えている。そのため、ペテロは女性の下の地位に甘んじると思って、不満をあらわにしたわけだ。女性差別の傾向があったのかもしれない」

ソフィーは話についていこうとつとめた。「これは聖ペテロのことよね。この岩《ペテロ》の上にわたしの教会を建てようとイエスが言った、まさにその人でしょう？」

「同一人物だが、ひとつだけ罠《わな》がある。手の加わっていないこの種の福音書によれば、キリストが教会を設立するよう指示した相手はペテロではない。マグダラのマリアだ」

ソフィーはティービングを見つめた。「教会は女が動かしていくはずだったということ？」

「そのとおり。イエスは男女同権論者の草分けだ。教会の未来をマグダラのマリアの手に委《ゆだ》ねるつもりだった」

「そしてペテロはそのことで腹を据えかねていたんだ」ラングドンが言い、〈最後の晩餐〉を指さした。「あそこにペテロがいるよ。ペテロがマグダラのマリアをどう思っていたかを、ダ・ヴィンチが熟知していたのがよくわかる」

ソフィーはまたしてもことばを失った。ペテロが脅しつけるような様子でマグダラのマリアに迫り、刃の形にした手を首へ突きつけている。〈岩窟《がんくつ》の聖母〉に描かれていたのと同じ、威嚇のしぐさだ！

「ここも見てごらん」つづいてラングドンは、ペテロとほかの弟子たちのあいだを手で示した。「いささか不気味だろう？」

目を細めたソフィーは、そのあたりから一本の手が出ているのに気づいた。「この手が持ってるのは短剣？」

「そうだ。さらに奇妙なことに、手の数をかぞえてみれば、これがだれの手でもないのがわかるだろう。体がないんだよ。謎の手だ」

ソフィーは圧倒されそうだった。「ごめんなさい。だけど、なぜこういうものによってマグダラのマリアが聖杯だと断定できるのか、まだどうも納得できないの」

「なんと！」ティービングは叫んだ。「それは問題だ」もう一度テーブルのほうを向いて大きな紙を引っ張り出し、ソフィーの前にひろげた。入り組んだ系図が記されている。「マグダラのマリアがキリストの右腕だっただけでなく、もとから高い地位を備えた女性でもあったことは、ほとんど知られていない」

系図の見出しがソフィーの目にはいった。

ベニヤミン族

「マグダラのマリアはここに載っている」ティービングは系図のいちばん上あたりを指さした。

ソフィーは驚いた。「ベニヤミン族の出身だったの？」

「そうだ。マグダラのマリアは王族の血を引いている」

「貧しかったんだとばかり思ってたけど」

ティービングはかぶりを振った。「有力な一族の出であった証拠を消すために、娼《しょう》婦《ふ》ということにされたのだよ」

ソフィーはまたラングドンを見たが、やはりうなずきが返ってきた。ティービングへ向きなおって尋ねた。「だけど、マグダラのマリアに王家の血が流れているからといって、どうして初期の教会はそれを気にかけたの？」

ティービングは微笑んだ。「マグダラのマリアだけでなく、その伴侶《はんりょ》たるキリストにも王家の血が流れていたからだ。知ってのとおり、マタイによる福音書は、イエスがダヴィデ家の出であると述べている。つまりソロモン王――ユダヤ人の王の末裔《まつえい》だ。

強力なベニヤミン族と姻戚《いんせき》になることによって、イエスはふたつの王家の血筋を融合させて、王位に対する正統な権利を持つ強大な政治的統一体を作りあげ、ソロモン王にさかのぼる王統を復活させようとした」

ソフィーは、ついに話が核心へ迫りつつあるのを感じた。

ティービングはいまや興奮していた。「聖杯伝説とは、王家の血の伝説だ。聖杯伝説が〝キリストの血を受けた杯〟について語るとき、それが指しているのは、マグダラのマリア――イエスの聖なる血脈を宿した子宮なのだよ」

そのことばが部屋の壁にこだまするのを聞いてはじめて、ソフィーは自分の頭がしっかり理解したように思った。マグダラのマリアがイエス・キリストの聖なる血脈を宿していた？「でも、キリストの血が受け継がれるためには……」ことばを切ってラングドンを見た。

ラングドンは穏やかに笑みを漂わせた。「子供がいなくてはならない」

ソフィーは立ちすくんだ。

「それこそが」ティービングは高らかに言った。「人類の歴史上、最大の隠蔽《いんぺい》だ。イエス・キリストは結婚していたばかりか、父親でもあった。マグダラのマリアは聖なる器だ。イエス・キリストの血脈を育《はぐく》んだ杯だった。イエスの家系のもとになった子宮であり、神聖な果実を実らせたブドウの木だとも言える」

ソフィーは腕の肌が粟立《あわだ》つのを感じた。「だけど、それほどまで大きな秘密を、どうしてこんなにも長いあいだ隠せたのかしら」

「とんでもない」ティービングは言った。「けっして隠せてなどいない！　イエス・キリストの聖なる血脈は、史上最も名高い伝説――聖杯伝説の源泉だ。マグダラのマリアの物語は、何世紀にもわたって、さまざまな隠喩《いんゆ》や言語で公然と伝えられている。目を開けば、いたるところにその物語が見てとれる」

「サングリアル文書は？」ソフィーは言った。「そこにイエスが血脈を残した証拠が含まれてるの？」

「そうだ」

「じゃあ、聖杯伝説はすべて、王家の血について語っているわけ？」

「そのとおり。サングリアル《Sangreal》ということばは〝聖なる《San》〟――〝杯《Greal》〟と分解できる。だが最も古い形では、このことばは別の位置で区切られていた」ティービングは紙切れに書きつけてソフィーに渡した。

ソフィーはそれを見た。

Ｓａｎｇ　Ｒｅａｌ

すぐにわかった。

〝Ｓａｎｇ　Ｒｅａｌ〟は〝王家の血〟という意味だ。

59

ニューヨーク市のレキシントン・アヴェニューにあるオプス・デイ本部ビルのロビーでは、受付係の男がアリンガローサ司教の声を電話で聞いて驚いた。「こんばんは」

「伝言はないか」いつになく切羽詰まった口調でアリンガローサは言った。

「承っております。ご連絡をくださって助かりました。ご自宅にかけたのですが、ご不在でしたもので。三十分ほど前、緊急の伝言がありました」

「それで？」安堵《あんど》したような声だ。「相手は名前を言ったのか」

「いえ、番号だけです」受付係はそれを教えた。

「最初が33？　これはフランスの番号だな」

「はい。パリです。ただちに連絡してもらいたいとのことでした」

「ありがとう。その電話を待っていたんだ」アリンガローサはすぐに電話を切った。

受話器を置いた受付係は、なぜひどい雑音が聞こえたのかといぶかった。アリンガローサの日程表によれば、今週末はニューヨークにいるはずなのに、まるで地球の裏側からの声のように耳に感じられた。受付係は肩をすくめて疑念を追いやった。ここ数か月、アリンガローサ司教には奇行が目立つ。

携帯電話が受信しなかったにちがいない。ローマにあるチャーター便用のチアンピーノ空港へ向かうフィアットのなかで、アリンガローサはそう思った。導師は連絡をとろうとしていたのだろう。こちらが出られなかったのが気がかりだが、導師が大胆にもオプス・デイの本部にまで電話をかけてくれたのなら心強い。

今夜のパリは万事順調にちがいない。

番号を押しながら、まもなくパリだと思って気持ちが高ぶった。夜明け前には着けるだろう。フランスへの短い飛行用に、ターボプロップ機をチャーターしてある。通常の旅客機はこの時刻に飛んでいないし、そうでなくてもブリーフケースの中身を考えれば避けるべきだ。

呼び出し音が聞こえはじめた。

女性の声がフランス語で答えた。「司法警察中央局です」

アリンガローサは口ごもった。予想外の相手だった。「ああ、その……この番号にかけるよう言われたのですが」

「キ・エト・ヴー？」女は言った。「お名前は？」

アリンガローサは名前を明かすべきか迷った。フランスの司法警察だって？

「お名前を、ムシュー」女はたたみかけた。

「マヌエル・アリンガローサ司教です」

「少しお待ちを《アン・モマン》」カチリという音が響いた。

長々と待たされてから、別の男が出て、ぞんざいながらも気づかわしげな声で言った。「司教、やっと連絡がついてよかった。われわれには話し合うべきことがいろいろあります」

60

すべては結びついている。

サングリアル《Sangreal》……王家《Sang》の血《Real》……聖なる杯《San Greal》。

聖杯とはマグダラのマリア……イエス・キリストの聖なる血脈を伝えた女性だという。静まり返った書斎で、ソフィーは新たな混乱の波に襲われて、ラングドンを見つめた。今夜のこのパズルは、ラングドンとティービングがピースをテーブルに出せば出すほど、予測のつかないものとなっていく。

「見るといい」ティービングはぎこちない足どりで書棚へ歩み寄った。「聖杯の真実を世に知らしめようとしたのはレオナルドだけではない。多数の歴史学者が、イエス・キリストの聖なる血脈について実にくわしく述べている」並んだ数十冊の本を指で示した。

ソフィーは首をひねって題名に目を走らせた。

『マグダラとヨハネのミステリー——二つの顔を持ったイエス』

『石膏《せっこう》の壺《つぼ》を持った女──マグダラのマリアと聖杯』

『福音書における女神──利用された聖なる女性』

「おそらく、この本がいちばん有名だ」ティービングはすり切れたハードカバーの本を抜きとって、ソフィーに渡した。

表紙にはこう書かれていた。

『レンヌ＝ル＝シャトーの謎──イエスの血脈と聖杯伝説』

各国で絶賛された世界的ベストセラー
ソフィーは目をあげた。「世界的ベストセラー？　こんな本があるなんて聞いたことがないわ」

「子供だったからだ。一九八〇年代に、この本は大変な物議を醸した。わたしに言わせれば、著者たちの分析には飛躍しすぎのきらいがあるが、基本的な前提は妥当なものだし、キリストの血脈という考えが大きく採りあげられるようになったのはこの著者らの功績だ」

「教会はどう反応したの?」

「もちろん激怒した。無理もない。何しろ、四世紀にヴァチカンが闇に葬ろうとした秘密だからな。それが十字軍の任務のひとつでもあった。情報を収集して、握りつぶそうとしたわけだ。初期の教会の男たちにとって、マグダラのマリアは破滅をもたらしかねない脅威だった。イエスが教会の設立を託した女性であると同時に、教会が神と規定する存在が人間の子孫を残した動かぬ証拠でもあるからだ。教会はマグダラのマリアの力から身を守るために、娼婦《しょうふ》のイメージを定着させて、キリストとの結婚を示す証拠を隠滅し、それによって、キリストは血筋を残した預言者にすぎないという主張をすべて封じこめた」

ソフィーが目をやると、ラングドンはうなずいた。「この主張を裏づける歴史上の証拠はじゅうぶんにそろってる」

「たしかに陰惨な説ではある」ティービングは言った。「だが、こうした隠蔽《いんぺい》をおこなう強力な動機が教会にあったことはわかるだろう。血脈のことが世に知れ渡ったら、教会はけっして存続できなかった。イエスに子がいたとなれば、神たるキリストという根本概念が覆され、教会こそが神に近づき天国へ行く唯一の手段だという主張も崩れ去る」

「これ、五弁の薔薇《ばら》よ」ソフィーはふと気づいて、蔵書の一冊の背を指さした。紫檀《したん》の木箱に施された象嵌《ぞうがん》とまったく同じだ。

ティービングはラングドンを一瞥《いちべつ》して微笑んだ。「このご婦人はよい目をお持ちだ」

ソフィーに顔を向ける。「それはシオン修道会が用いる聖杯の象徴だ。マグダラのマリアだよ。その名が教会によって禁句とされたために、マグダラのマリアはさまざまな変名でひそかに表されるようになった。杯、聖杯、薔薇などだ」いったんことばを切った。「薔薇はヴィーナスの五芒星形《ごぼうせい》や、方位を示す羅針図と結びついている。ちなみに、薔薇を表す単語は、英語でも、フランス語でも、ドイツ語でも、その他多くの言語でも〝rose〟だ」

「それに」ラングドンが言い添えた。「〝rose〟はギリシャ神話の性愛の神エロス《Eros》のアナグラムでもある」

ソフィーは驚いてラングドンを見たが、ティービングは話をつづけた。

「古今を通じて、薔薇は女性の象徴として最もよく使われている。大昔の女神崇拝の教団では、五弁の薔薇は女性の生の五つの段階を表していた。誕生、月経、出産、閉経、そして死だ。現代では、花開いた薔薇と女性との結びつきはもっと視覚的にとらえられている」ティービングはラングドンを見た。「象徴学者なら説明できると思うが」

ラングドンはためらった。不自然なほど長かった。

「おいおい」ティービングは憤然とした。「きみたちアメリカ人はお上品ぶりすぎるぞ」ソフィーに向きなおった。「ロバートが口にできずにいるのは、薔薇が女性の性器に似ていて、この崇高なる花を通ってすべての人間が生まれてくるという事実だよ。ジョージア・オキーフの絵を見たことがあれば、その意味がよくわかるはずだ」

「要するに」ラングドンは書棚を示した。「これらの本はすべて同じ歴史観を語り、それを立証してるんだ」

「イエスに子供がいたということね」ソフィーはなお確信を持てなかった。

「そう」ティービングは言った。「そして、マグダラのマリアがその聖なる血筋を宿した子宮だったということだ。シオン修道会はいまでも、マグダラのマリアを女神、聖杯、薔薇、聖なる母として崇拝している」

地下室での儀式の光景がまたソフィーの脳裏をよぎった。

「シオン修道会によれば」ティービングはつづけた。「イエスの磔刑時《たっけいじ》、マグダラのマリアは妊娠していたという。まだ生まれぬキリストの子の安全のために、パレスチナを離れるしかなかった。イエスが信頼していたアリマタヤのヨセフに助けられて、そのころガリアと呼ばれていたフランスへひそかに渡り、ユダヤ人社会にかくまわれた。そしてまさにここフランスで、ひとりの娘を出産した。名前はサラだ」

ソフィーは顔をあげた。「子供の名前までわかってるの？」

「名前だけではない。マグダラのマリアとサラの生活について、保護したユダヤ人たちが詳細に書き残している。その子がユダヤの王ダヴィデとソロモンの血を引いていたことを忘れてはならない。だからこそフランスのユダヤ人はマグダラのマリアを聖なる女性と見なし、王統の始祖として崇敬した。当時の数えきれないほどの学者が、マグダラのマリアのフランスにおける日々や、サラの誕生、そしてその後の家系図まで記している」

ソフィーは一驚した。「イエス・キリストの家系図ですって？」

「ああ。サングリアル文書の要《かなめ》のひとつとされている。初期の子孫を網羅した系図だ」

「だけど、キリストの血脈が記された系図があったところで、なんの意味があるの？そんなものは証拠にはならないわ。本物かどうかを確認できるわけがない」

ティービングは含み笑いをした。「それを言うなら、聖書も同じだよ」

「どういうこと？」

「歴史はつねに勝者によって記されるということだ。ふたつの文化が衝突して、一方が敗れ去ると、勝った側は歴史書を書き著す。みずからの大義を強調し、征服した相手を貶《おとし》める内容のものを。ナポレオンはこう言っている。〝歴史とは、合意の上に成り立つ作り話にほかならない〟と」ティービングは笑った。「本来、歴史は一方的にしか記述できない」

ソフィーはそんなふうに考えたことがなかった。

「サングリアル文書は、キリストにまつわるもうひとつの物語を伝えているだけだ。結局のところ、どちらの物語を信じるかは信仰の問題であり、人それぞれの探求心しだいなのだが、資料が現存しているのはたしかだ。サングリアル文書には何万ページにも及ぶ資料が含まれているという。四つの巨大な櫃《ひつ》に分けて運ばれていたという目撃談もある。それらの櫃には、〝純正文書〟がおさめられているらしい。コンスタンティヌス以前の時代に、イエスをまぎれもなく人間の指導者かつ預言者として崇拝した信者たちが書いた、手の加えられていない数千ページの文書だ。また、ヴァチカンでさえその実在の可能性を認めた、名高い〝Q資料〟も含まれているという説もある。

それは教義が記された資料だが、おそらくイエス直筆のものだろうと言われている」

「キリスト自身が書いたものまであるの？」

「そうだ。自分の伝道についてイエスが書き記したとしても不思議はない。当時はごくふつうのことだった。そのほか、この貴重な文書に含まれるとされる衝撃的な資料として、〝マグダラのマリアの日記〟と呼ばれる手稿がある。マグダラのマリアが、キリストとの関係や、その磔刑、フランスでの自分の暮らしなどをみずから綴《つづ》ったというものだ」

ソフィーはしばらくことばを失った。「そして、その文書がおさめられた四つの櫃こそ、テンプル騎士団がソロモン神殿の廃墟《はいきょ》で発見したものなのね？」

「そのとおり。おかげで、テンプル騎士団は強大な力を得た。歴史上幾度となく試みられた聖杯の探求で、だれもがその文書をめざしていた」

「でも、聖杯はマグダラのマリアのことなんでしょう？　探してるのは文書なのに、なぜ聖杯の探求なんて言い方をするのかしら」

ティービングは穏やかな表情でソフィーを見つめた。「聖杯の隠し場所には、石棺が置かれているからだ」

家の外で風が木々をかすめてうなりをあげた。

ティービングはいっそう静かな声でつづけた。「聖杯の探求の目的は、マグダラのマリアの遺骨の前でひざまずくことだ。貶められ、失われた聖なる女性に心からの祈りを捧《ささ》げるために、旅をつづけたのだよ」

ソフィーは思いがけない驚きに打たれた。「聖杯の隠し場所はつまり……墓だということ?」

ティービングの薄茶色の瞳《ひとみ》がかすかに潤んだ。「そうだ。そこには、マグダラのマリアの遺体と、その真の生涯を伝える文書が眠っている。聖杯の探求の核心をなしていたのは、いつの時代でも、マグダラのマリアを――不当に扱われ、おのれの家系の正当な権利の証《あかし》とともに葬られた女王を――見つけ出すことだった」

ソフィーはティービングが落ち着くのをしばし待った。祖父に関することの多くは、まだ筋が通らない。ようやく口を開いた。「シオン修道会の会員は、サングリアル文書とマグダラのマリアの墓を守るというつとめをずっと果たしてきたのね」

「そのとおりだが、修道会にはもっと重要な義務もあった。血脈そのものを守ることだ。キリストの子孫は絶えず危険にさらされていた。もし血筋がつづけば、イエスとマグダラのマリアの秘密がいずれ明るみに出て、神の子たるメシアは女性と交渉を持たなかったという根本的な教義が揺るがされる、と初期の教会が恐れていたからだ」

ティービングは間をとった。「とはいえ、キリストの血脈はフランスでひそかに受け継がれ、やがて五世紀に大胆な動きを示した。フランス王家と姻戚《いんせき》関係を結び、メロヴィング朝の王統を創始したのだよ」

ソフィーは驚いた。フランスでは、どんな学生でもメロヴィング朝の名を知っている。「メロヴィング朝はパリを築いた王朝よ」

「そうだ。聖杯伝説がフランスに多いのは、それが理由のひとつだ。ヴァチカンがフランスでおこなった聖杯探求の多くは、実のところ聖なる血脈を消し去ることを隠密の任務としていた。ダゴベルト二世の話を聞いたことがあるかね」

歴史の授業で教わった身の毛もよだつ話にその名前が出てきたのを、おぼろげに思い出した。「メロヴィング朝の王ね。寝ているときに目を刺されたんじゃなかった？」

「正解だ。ヴァチカンがピピン二世と共謀して暗殺した。七世紀後半のことだ。ダゴベルトの死によってメロヴィング朝は途絶えかけたが、幸いにも息子のシギベルト四世がひそかに難を逃れて王家の血を伝え、のちにそこからゴドフロワ・ド・ブイヨン、つまりシオン修道会の創設者が生まれた」

「その人物こそが」ラングドンが言った。「ソロモン神殿の廃墟からサングリアル文書を発掘するようテンプル騎士団に命じ、メロヴィング朝がイエス・キリストの血を引く証拠を手に入れようとしたんだ」

ティービングはうなずき、重々しくため息を漏らした。「今日のシオン修道会は重大な義務を負っている。三重の責任だ。サングリアル文書を守ること。マグダラのマリアの墓を守ること。そしてもちろん、キリストの血脈、すなわちいまも生き延びているメロヴィング王家の後裔《こうえい》を守ること」

そのことばが巨大な部屋のなかを漂い、ソフィーは全身の骨が新たな真実に反響するかのごとく、異様な震えを感じた。いまも生き延びているイエスの子孫。祖父の声がまたしても耳にささやいた。プリンセス、家族にまつわる真実を伝えなくてはならない。

寒気《さむけ》が体を貫いた。

王家の血。

想像もできない。

プリンセス・ソフィー。

「サー・リー?」執事の声が壁のインターコムから響き、ソフィーは飛びあがった。「申しわけありませんが、キッチンまでお越しいただけませんか」

ティービングは間の悪い邪魔に顔をしかめた。インターコムへ歩み寄り、ボタンを押した。「レミー、知ってのとおり、いまは客人がいる。何かキッチンに用事があれば、わたしたちが自分でするとも。ありがとう、もうやすんでくれ」

「さがらせていただく前に、お耳に入れたいことがあります。お手数ですが」

ティービングはうなり声をあげ、ボタンを押した。「早く言いなさい、レミー」

「家のことでございますので、お客さまにお聞かせするのは失礼かと」

ティービングは不審げな顔になった「それなのに朝まで待てないと？」

「ええ。お手間はとらせませんから」

ティービングは目をくるりとまわし、ラングドンとソフィーを見た。「だれがだれに仕えているのか、ときどきわからなくなるよ」もう一度ボタンを押す。「すぐ行く、レミー。何かほしいものはあるかね」

「圧政からの解放のみでけっこうです」

「レミー、おまえがあれほどのペッパーステーキを作れなければ、とっくにお払い箱にしているところだ」

「いつものおことば、ありがとうございます」

61

プリンセス・ソフィー。

ティービングの杖《つえ》の音が廊下を遠ざかっていくのを、ソフィーは上の空で聞いた。静まった書斎で、力なくラングドンへ向きなおった。こちらの心を読んだかのように、ラングドンはすでにかぶりを振っている。

「それはちがう、ソフィー」力強いまなざしでラングドンはささやいた。「ミスター・ソニエールがどうやらシオン修道会の会員だったらしく、きみに家族の秘密を教えたがっていたという話を聞いたとき、わたしの頭にも同じ考えが浮かんだものだ。でもそれはありえない」そこでひと呼吸置いた。「ソニエールというのはメロヴィング王家の名前じゃないんだ」

安堵《あんど》すべきか失望すべきか、ソフィーにはわからなかった。先刻ラングドンから、どういうわけかさりげなく母親の旧姓を尋ねられていた。ショーヴェルだと答えたが、そんな質問をされた理由がようやくわかった。「ショーヴェルも?」もどかしげに訊《き》いた。

やはりラングドンは首を横に振った。「残念ながら同じだ。もし思ったとおりなら、いくつかの疑問を解決できたろうけどね。メロヴィング王家の直系はふたつしか残っていない。プランタール家とサン＝クレール家だ。どちらも、おそらくシオン修道会の庇護《ひご》のもとで、身を隠して暮らしている」

ソフィーは頭のなかでその名前を繰り返してから、かぶりを振った。自分の親族に、プランタールあるいはサン＝クレールという名の者はいない。反動で疲労感がこみあげた。ルーヴルからここまで来ても、祖父が教えたかった真実に少しも近づいていない。きのうの午後に祖父が家族の話を持ち出したことが恨めしかった。古傷が切り裂かれ、以前にも増して苦痛を感じる。みんな死んだのよ、ソフィー。もう帰ってこない。子守歌を口ずさんで寝かしつけてくれた母、肩車をしてくれた父、緑の瞳を輝かせて微笑みかける祖母と弟の姿が目に浮かぶ。すべてが奪われ、残されたのは祖父だけだった。

そして、その祖父も死んだ。ひとりぼっちになってしまった。

そっと〈最後の晩餐《ばんさん》〉のほうを向き、マグダラのマリアの赤く長い髪と穏やかな目を見据えた。その表情には、愛する人を失う痛みをうかがわせるものがある。ソフィーは共感を覚えた。

「ロバート」ソフィーは静かに言った。

ラングドンは歩み寄った。

「聖杯の物語はそこらじゅうにあるとリーが言ってたけど、わたしは今夜はじめてあんな話を耳にしたわ」

ラングドンはソフィーの肩にやさしく手を置こうとしたところで、思いとどまった。「聞いたことがあるはずだよ、ソフィー。だれもがそうだ。聞いても気づかないだけさ」

「よくわからないけど」

「聖杯の物語はどこにでもあるが、隠されてるんだ。教会がマグダラのマリアを歴史から締め出し、話題にするのを禁じたために、彼女の話や重要性を伝える際は用心深い方法をとらざるをえなくなった。隠喩《いんゆ》や象徴を用いた方法だよ」

「芸術作品ね」

ラングドンは〈最後の晩餐〉を手で示した。「これは申し分のない例だ。今日最も高く評価されている美術や文学や音楽の作品のいくつかは、マグダラのマリアとイエスの物語をひそかに伝えている」

ダ・ヴィンチ、ボッティチェルリ、プッサン、ベルニーニ、モーツァルト、ヴィクトル・ユゴーらの作品に、追放された聖なる女性を取りもどす旅がほのめかされたものがあることを、ラングドンは手短に説明した。『ガウェイン卿《きょう》と緑の騎士』、『アーサー王伝説』、『眠り姫』といった名高い作品は聖杯の寓意《ぐうい》物語だ。ヴィクトル・ユゴーの『ノートル・ダム・ド・パリ』やモーツァルトの〈魔笛〉には、フリーメイソンの象徴や聖杯の秘密が満たされている。

「ひとたび聖杯に目を開けば、いたるところにそれが見られる。絵画。音楽。書物。漫画やテーマパーク、大衆映画にさえもね」

ラングドンはミッキー・マウスの腕時計を見せ、ウォルト・ディズニーが聖杯の物語を未来の世代に伝えることをひそかにライフワークとしていたと語った。生涯を通じて、ディズニーは〝現代のレオナルド・ダ・ヴィンチ〟と賞賛されたものだ。ふたりとも時代に先駆けた存在であり、比類ない才能を持った芸術家であり、秘密結社の一員であり、そして何より、大のいたずら好きでもあった。レオナルドに劣らず、ウォルト・ディズニーも作品に秘密のメッセージや象徴をまぎれこませるのを好んだ。経験豊かな象徴学者にとって、初期のディズニー映画を観ることは、暗示や隠喩の大群と向き合うようなものだ。

ディズニーが隠したメッセージのほとんどは、宗教や、異教の神話や、抑圧された女神の物語に関するものだ。ディズニーが〈シンデレラ〉や〈眠れる森の美女〉や〈白雪姫〉といった、いずれも神聖な女性の受難を扱った作品を制作したのは偶然ではない。象徴学の心得などなくとも、白雪姫が――毒入りのリンゴを食べたために恩《おん》寵《ちょう》を失った王女が――エデンの園におけるイヴの堕落を強く暗示しているのは理解できる。また、主人公オーロラ姫に〝ローズ〟という仮の名がつけられ、邪悪な魔女の手から守るために森の奥深くに隠される〈眠れる森の美女〉が、子供向けの聖杯の物語であるのも明らかだ。

その企業イメージはともかく、ディズニー社の社員にはいまだに冗談好きで機知に富んだ気風があり、アニメーション画家たちは社の作品に象徴をまぎれこませて楽しんでいる。ラングドンがけっして忘れられないのが、〈ライオン・キング〉のDVDを学生のひとりが持ってきて、ある場面で一時停止させたとき、シンバの頭上に舞いあがった花粉でSEXという文字が書かれているのが見てとれたことだ。異教徒が性を重んじたことを巧みに暗示しているというより、作り手の青くさい悪ふざけだと思ったものの、象徴に対するディズニー社の理解を甘く見るべきではないと悟った。〈リトル・マーメイド〉は、偶然とは思えないほど、女神に関連した霊的な象徴をみごとなまでに織り交ぜている。

〈リトル・マーメイド〉をはじめて観たとき、アリエルが海中の洞窟《どうくつ》に隠していた絵が、十七世紀の画家ジョルジュ・ド・ラ・トゥールの描いた〈悔悛《かいしゅん》するマグダラのマリア〉――追放されたマグダラのマリアに捧《ささ》げられた有名な絵画――にほかならないのに気づいて、ラングドンは危うく声をあげそうになったものだ。九十分間にわたるコラージュとして、イシスやイヴ、魚座の女神ピスケー、そしてマグダラのマリアらの失われた聖性を象徴によって活写する映画にはぴったりの小道具だった。リトル・マーメイドのアリエルという名前も聖なる女性と強く結びついており、イザヤ書では〝苦悩する聖都〟という意味で使われている。もちろん、リトル・マーメイドの波打つ赤い髪も無関係ではない。

廊下から杖の音が近づいてきたが、その足どりはやけに速かった。書斎にもどったティービングの顔には、きびしい表情が浮かんでいた。

「説明してもらおうか、ロバート」ティービングは冷たく言った。「わたしに隠していたことがあるな」

62

「濡《ぬ》れ衣《ぎぬ》を着せられたんだよ、リー」ラングドンはつとめて冷静に言った。「人殺しなどするはずがないと知ってるじゃないか。

ティービングの口調は和らがなかった。「ロバート、きみのことがテレビで話題になっている。当局から手配されたのは知っているのか」

「ああ」

「だとしたら、わたしの信頼を裏切ったことになる。ここへ来てわたしまで巻きこんだうえに、聖杯の話を延々とさせて、この家に隠れつづけようとするとは驚きだ」

「だれも殺していないんだよ」

「ジャック・ソニエールが殺害されて、それがきみの犯行だと警察は言っている」ティービングは顔を曇らせた。「あれほど芸術に貢献してきた人物を……」

「サー」レミーが現れ、書斎の戸口にいるティービングの背後に立って腕組みをした。

「追い出しましょうか」

「わたしがする」ティービングは不自由な足で書斎を横切り、横庭の芝生に面した大きなガラス製のドアの錠をはずした。「車にもどって、敷地から出ていってくれ」

ソフィーは動かなかった。「クレ・ド・ヴットの情報があるの。シオン修道会のキー・ストーンよ」

ティービングは何秒かソフィーを見据えてから、冷たい笑みを漂わせた。「窮余の策というわけか。わたしがどれほど熱心に探しているか、ロバートは知っているからな」

「ソフィーの話はほんとうだ」ラングドンは言った。「だからこそ、今夜ここへ来たんだよ。キー・ストーンのことを話し合うために」

レミーが割ってはいった。「出ていきなさい。さもないと警察を呼びますよ」

「リー」ラングドンはささやいた。「キー・ストーンのありかを知りたくないのか」

ティービングはわずかに動揺した様子だった。

レミーが猛然と部屋を突き進んだ。「すぐに出ていけ！　いやなら力ずくでも――」

「レミー！」ティービングは振り返り、執事をさえぎった。「しばらくはずしてくれ」

レミーの顎《あご》ががくりと落ちた。「いけません。このふたりは――」

「わたしにまかせてくれ」ティービングは廊下を指さした。

しばし呆然《ぼうぜん》としたあと、レミーは追い払われた犬よろしく、きまり悪そうに出ていった。

あけ放たれたドアから夜の冷たい微風が吹きこむなか、ティービングは警戒した顔つきのまま、ソフィーとラングドンに向きなおった。「これでいい。さあ、キー・ストーンの何を知っている?」

書斎の外の濃い茂みのなかで、シラスは拳銃《けんじゅう》を握りしめてガラスのドアの向こうへ目を凝らした。ほんの少し前、家のまわりをめぐっていて、ラングドンと女が広い書斎で話しているのを見つけた。中へ忍びこむより早く、杖《つえ》を突いた男が現れ、ラングドンを怒鳴りつけ、ドアを開き、ふたりに出ていけと命じた。そのとき、女がキー・ストーンの話を持ち出し、事態が一変した。叫び声がささやき声に変わり、雰囲気が和らぎ、ガラスのドアはすぐに閉められた。

いま、暗がりにうずくまって、シラスはドア越しにのぞきこんだ。キー・ストーンはこの家のどこかにある。そう感じられた。

物陰にとどまりつつ、少しずつドアへ迫って会話に耳を傾けた。五分やろう。そのあいだにキー・ストーンのありかを口にしなかったら、押し入って腕ずくで聞き出すしかない。

ラングドンはティービングの当惑を見てとった。

「総長だと?」ティービングは咳《せ》きこんでソフィーを見つめた。「ジャック・ソニエールが?」

その目に浮かんだ衝撃の色を見ながら、ソフィーはうなずいた。

「なぜそんなことを知っている」

「ジャック・ソニエールはわたしの祖父なの」

ティービングは杖を突いたままよろめいた。ラングドンがうなずくのを確認すると、ふたたびソフィーへ顔を向けた。「驚いたよ、ミス・ヌヴー。そういうことなら、心からお悔やみ申しあげる。実を言うと、研究のために、パリにおけるシオン修道会の関係者とおぼしき人物の一覧を作ってあるのだよ。ジャック・ソニエールの名も、ほかの多数の人々とともに載っている。しかし総長だって？　そこまではとうてい知りえなかった」しばし沈黙し、それから首を左右に振る。「だが変だ。ソニエールがほんとうにシオン修道会の総長で、みずからの手でキー・ストーンを作っていたとしても、そのありかをきみに教えることはけっしてありえない。キー・ストーンは修道会の至宝へたどり着く手がかりを示している。孫だろうとなんだろうと、そこまで知りうるはずがない」

「ミスター・ソニエールはいまわの際でそのことを伝えた」ラングドンは言った。「秘密を共有する三人の参事がいるではないか。そこがあの組織の抜け目ないところだ。参事のひとりを総長に昇格させ、新たな参事を任命して、キー・ストーンの秘密を分かち合えばいい」

「ほかに道がなかったんだ」

「そんなことはない」ティービングは言い返した。「秘密を共有する三人の参事がいるではないか。そこがあの組織の抜け目ないところだ。参事のひとりを総長に昇格させ、新たな参事を任命して、キー・ストーンの秘密を分かち合えばいい」

「ニュースを最後まで観なかったようね」ソフィーは言った。「祖父だけでなく、パリ在住の三人の名士も殺されたのよ。よく似た手口でね。拷問めいたことをされた形跡が全員にあるらしいわ」

ティービングの顎が落ちた。「つまり、その三人は……」

「参事だよ」ラングドンは言った。

「しかし、どうやってそんなことを？　シオン修道会の頂点に立つ四人全員の身元を突き止めるなど不可能だ。何十年も研究しているわたしでも、ひとりの会員の名前すら知りえないのだぞ。一日のうちに総長と三人の参事をすべて見つけ出して殺すことなどできるものか」

「たった一日で情報を集めたわけじゃないと思う」ソフィーは言った。「よく練られた〝頂上壊滅作戦《デカピテ》〟に似てるわね。大犯罪組織に挑むときにわたしたちが使う方法なの。ある組織を叩《たた》こうと考えたら、司法警察は何か月もかけて隠密に監視をおこなって、幹部たちをすべて探りあててから、いっせいに踏みこんで全員を検挙する。指導者がいなくなると、組織は混乱に陥って、さらに情報を漏らすものよ。だれかがシオン修道会を辛抱強く見張ったすえ、キー・ストーンのありかを聞き出せると見越して襲ったんじゃないかしら」

ティービングは納得できない様子だった。「だが四人はけっして口を割るまい。秘密を守る誓いがあるからな。たとえ死を前にしても」

「そのとおりだ」ラングドンは言った。「四人がまったく秘密を漏らさず、しかも殺されたのなら……」

ティービングは息を呑《の》んだ。「キー・ストーンのありかを永遠に知りえなくなる！」

「そして」ラングドンは言い添えた。「聖杯の場所もだ」

ラングドンのことばの重みで、ティービングの体がかしいだように見えた。それから、疲労で一刻たりとも立っていられなくなったのか、椅子に崩れ落ち、窓の外を見やった。

ソフィーはそこへ歩み寄って穏やかに言った。「絶体絶命の立場に追いこまれた祖父は、気力を振り絞って外部の人間に秘密を託そうとしたんだと思う。信頼できると考えた人物にね。たとえば家族のだれかに」

ティービングは青ざめた。「しかしそんな襲撃ができるのは……シオン修道会について調べつくせる相手は……」口ごもって、顔をさらに蒼白《そうはく》にする。「ひとつしかありえない。そんな侵入工作をしてのけられるのは、シオン修道会の最も長きにわたる敵だけだ」

ラングドンは顔をあげた。「教会かい」

「ほかに考えられまい。ローマ・カトリックは何世紀にもわたって聖杯を探している」

ソフィーは疑わしげな顔をした。「教会が祖父を殺したと言いたいの？」

ティービングは答えた。「歴史を通じて、カトリック教会が自衛のために人を殺《あや》めたことは皆無と言えない。聖杯とともにある文書は危険きわまりないもので、長いあいだ教会はそれを闇に葬ろうとしていた」

文書を手に入れるために教会が卑劣な殺人を犯したという考えを、ラングドンはとうてい受け入れられなかった。以前に会った新教皇や多くの枢機卿《すうききょう》は、暗殺など認めるはずがない敬虔《けいけん》な人たちだった。得られるものがどれほど大きかろうと、絶対にそんなことはしない。

ソフィーも同じ考えらしかった。「教会以外の何者かに殺された可能性はないのかしら。聖杯の正体を理解していない人間のしわざということは？　なんと言っても、キリストの杯はものすごく魅力的な宝だもの。きっと、宝探しをしてる連中が真の価値をわからずに殺したのよ」

「わたしの知るかぎり」ティービングは言った。「人が無謀なふるまいに及ぶのは、欲するものを得ようとする場合よりも、恐れるものを取り除こうとする場合のほうがはるかに多い。シオン修道会への襲撃からは、切羽詰まったものが感じられる」

「リー」ラングドンは言った。「きみの論理は矛盾してるよ。カトリックの聖職者は、その文書が捏造《ねつぞう》された証拠だと固く信じている。だったら、わざわざそれを見つけて破棄するためにシオン修道会の会員を殺す理由はないじゃないか」

ティービングは含み笑いをした。「ハーヴァードの象牙《ぞうげ》の塔で過ごしているせいで甘くなったようだな、ロバート。たしかにローマの聖職者は固い信仰を持っているから、どんな嵐も乗りきれるし、たとえおのれの信じるものと完全に矛盾する文書が現れても動じまい。だが、ほかの信者はどうだ。絶対的な信仰を持っていない者は？　世界の惨状を目のあたりにして、神がどこにいるのかと嘆く者は？　教会の醜聞を知る者は？　キリストの真実を語ると言いながら、聖職者による子供への性的虐待を隠蔽《いんぺい》しようとする連中に対し、不信を募らせる者は？」ひと呼吸置く。「教会の語るキリストの物語が誤りであること、最も偉大な物語が実は最も欺瞞《ぎまん》に満ちた物語であることが科学的に裏づけられたら、こうした者たちはどうなる？」

ラングドンは答えられなかった。

「文書が明るみに出たらどうなるかは断言できる」ティービングは言った。「キリスト教世界は、その二千年に及ぶ歴史でいまだ例を見ないほどの、信仰の危機に直面するにちがいない」

長々しい沈黙のあとで、ソフィーは口を開いた。「だけど、仮にこの襲撃が教会によるものだとして、なぜいまごろ行動を起こすの？　長い年月がたってるのに。ずっと隠し持ってるだけなら、教会にとって差し迫った脅威じゃないはずよ」

ティービングは暗鬱《あんうつ》なため息を漏らし、ラングドンを見た。「ロバート、きみならシオン修道会の最終計画のことを知っていると思うが」

ラングドンはそれを思い出して固唾《かたず》を呑んだ。「知ってる」

「ミス・ヌヴー」ティービングは言った。「教会とシオン修道会のあいだには、長年にわたって暗黙の了解があった。教会が手を出さないかわりに、シオン修道会もサングリアル文書の存在を伏せつづける、というものだ」いったんことばを切った。「だが、かねてからシオン修道会は秘密を暴露する計画をあたためていた。ある特定の日が訪れたら、沈黙を破ってサングリアル文書を世に公表し、イエス・キリストの真実の物語を声高に叫んで、究極の勝利を果たそうと目論《もくろ》んでいるのだよ」

ソフィーは無言でティービングを見つめた。ようやく自分も腰をおろした。「で、その日が近づいていると？　教会もそれを知ってるの？」

「あくまで推測だ。しかし、手遅れになる前に文書を見つけるために、教会が猛攻撃を仕掛ける動機はじゅうぶんある」

つじつまの合う考えなので、ラングドンは戦慄《せんりつ》を覚えた。「シオン修道会が暴露する日取りを示す確実な証拠を、教会が手に入れたと思うのか」

「そうだ。シオン修道会の会員の身元を突き止めたのなら、計画について知るぐらいなんでもないだろう。正確な日付はわからないとしても、例の迷信に突き動かされたのかもしれない」

「迷信？」ソフィーは尋ねた。

「予言のことばを借りると」ティービングは言った。「いまわれわれは大いなる変化の時代にいる。千年紀が少し前に終末を迎え、それとともに、占星術で言う二千年に及ぶ魚座の時代が幕を閉じた。魚はイエスの記号でもある。占星術にくわしい象徴学者ならだれでも知っているが、魚座の理念では、人間は自分で物を考えることができず、より高次の存在から行動の指針を教わる必要があるとされている。だからこそ、この期間は熱心な宗教の時代だった。ところが、いまやわれわれは水瓶座《みずがめ》の時代に踏みこんだのであり、その理念は、人は真理を学び、おのれの力で考えることができるというものだ。いわばイデオロギー上の重大な変革で、いままさにそれが起こっている」

ラングドンは寒気を覚えた。占星術の予言に大きな関心を持ったことはないし、信じてもいないが、それに忠実に従う人間が教会にいるのはたしかだ。「教会はこの移行期を〝終末の日〟と呼んでいる」

ソフィーは不審そうな顔をした。「世界の終わりということ？　黙示録に書かれているような」

「いや」ラングドンは答えた。「それはよくある誤解だ。多くの宗教が終末の日について語っている。それは世界の最期ではなく、いまの時代の終わりという意味だ。キリストの降誕とともにはじまった魚座の時代は、二千年間つづき、この前の千年紀とともに去った。新たに水瓶座の時代を迎えたまさにこの状態を、終末の日が訪れたと呼ぶんだよ」

「聖杯を専門とする歴史学者の多くが考えるところでは」ティービングは付け加えた。「もしシオン修道会が本気で真実を明るみに出すつもりなら、いまこそそれにふさわしい時機だ。わたしも含めたほとんどのシオン修道会の研究者は、公表の時期が千年紀の終わりに正確に一致すると予想していたのだよ。だが、ちがっていた。占星術が基準にする暦とローマのそれが完全には一致していないために、予言にいくらかのずれが生じたのだろう。その日が迫っているという内部情報を教会が手に入れたのか、予言のせいで過敏になっていただけなのかはわからない。どちらの筋書きでも、教会がシオン修道会に先制攻撃を仕掛ける気になった理由は説明がつく」ティービングは眉《まゆ》をひそめた。「もし教会が聖杯を発見したら、何もかも叩《たた》きつぶすにちがいない。文書も、尊ぶべきマグダラのマリアの遺体も」目を曇らせる。「サングリアル文書が失われたら、すべての証拠が消えてしまう。歴史を書き換える長年の戦いに教会が勝利するわけだ。過去が永遠に葬られる」

ソフィーはセーターのポケットからゆっくりと鍵《かぎ》を取り出し、ティービングへ差し出した。

ティービングはそれを受けとって仔細《しさい》に観察した。「信じられない。これはシオン修道会の紋章だ。どこでこれを?」

「今夜、祖父が死の間際にわたしに託したのよ」

ティービングは十字に指を這《は》わせた。「どこかの教会堂の鍵かね」

ソフィーは深く息を吸いこんだ。「キー・ストーンの隠し場所の鍵よ」

不信感をあらわにして、ティービングは顔をあげた。「そんなばかな! わたしが見逃したというのか。フランスじゅうの教会堂や礼拝堂を探しつくしたというのに!」

「ちがうの」ソフィーは言った。「隠し場所はスイス銀行よ」

ティービングの表情が冷ややかになった。「キー・ストーンが銀行に?」

「銀行の金庫室だ」ラングドンは言った。

「金庫室?」ティービングは猛然とかぶりを振った。「ありえない。キー・ストーンは薔薇《ばら》の印の下に隠されているはずだ」

「そのとおりさ」ラングドンは言った。「五弁の薔薇が彫りこまれた紫檀《したん》の木箱におさめられていたよ」

ティービングは凍りついた。「キー・ストーンをその目で見たのか?」

ソフィーはうなずいた。「わたしたち、その銀行へ行ったの」

目に恐怖の色をたたえ、ティービングはふたりに迫った。「それはまずい。キー・ストーンの危機だ！　なんとしても守らなくては。もしほかにも鍵があったら？　殺された参事から奪われていたら？　きみたちと同じように、相手がその銀行にたどり着くことができたら――」

「だとしても手遅れよ」ソフィーは言った。「もうキー・ストーンはそこにないから」

「なんだと！　隠し場所から持ち出したのか」

「心配無用だ」ラングドンは言った。「うまく隠してある」

「絶対に安全な場所だろうな？」

「それは」ラングドンは唇がゆるむのを抑えきれなかった。「きみがソファーの下をどれだけ頻繁に掃除するかで決まる」


シャトー・ヴィレットの外を吹く風が勢いを増し、窓のそばに身をかがめたシラスのローブがはためいた。会話はあまりよく聞きとれないが、キー・ストーンということばはガラス越しに幾度となく耳へ届いた。

この家にある。

導師の指示が鮮やかに脳裏に焼きついていた。シャトー・ヴィレットへ忍びこめ。

キー・ストーンを奪え。だれも傷つけるな。

唐突にラングドンらが書斎の明かりを消して出ていき、ほかの部屋へ向かった。獲物へひそかに迫る豹《ひょう》の気分で、シラスはガラスのドアにそっと近づいた。鍵がかかっていないのを確認し、中へ滑りこんで静かにドアを閉めた。別の部屋からくぐもった話し声が聞こえてくる。シラスは拳銃《けんじゅう》をポケットから取り出して安全装置をはずし、廊下を少しずつ進んだ。

63

ティービング邸の私道の入口では、コレ警部補がひとりたたずんで、堂々たる建物を見あげていた。周囲にほかの家はなく、真っ暗で木深い。部下の捜査官数人が柵《さく》に沿って音もなく散開していく。ものの数分もすれば、柵を乗り越えて建物を包囲できるだろう。奇襲を仕掛けるのにおあつらえ向きの場所を、ラングドンは選んでくれた。

ファーシュに連絡しようかと思った矢先に、ようやく携帯電話が鳴った。

意外にも、ファーシュは事態の進展をまるで喜んでいないふうだった。「手がかりをつかんだとき、なぜだれも報告してこなかった」

「警部は電話中で――」

「正確には、いまどこにいる」

コレは住所を教えた。「ティービングというイギリス人の邸宅です。ラングドンはかなり遠くからわざわざここまで来たわけですし、警報装置つきの門があるのに強引に侵入した形跡がないことから考えても、住人と知り合いである可能性は高いでしょう」

「そっちへ行く」ファーシュは言った。「動かずにいろ。この件はわたしの手で処理する」

コレは唖然《あぜん》とした。「しかし警部、着くまでに二十分はかかりますよ！　すぐに行動を起こしましょう。こちらはわたしのほかに総勢八名です。四人はライフルを持っていますし、ほかも拳銃を所持しています」

「わたしが着くのを待ってくれ」

「警部、ラングドンが人質をとっていたらどうするんですか。われわれに気づいて逃げようとしたら？　いますぐ動くべきですよ。部下は配置について、いつでも出られる状態です」

「コレ警部補、わたしが着くまで絶対に動くな。これは命令だ」ファーシュは電話を切った。

呆然《ぼうぜん》としながら、コレも切った。いったいなぜ待てなどと言うのか。答はわかっていた。ファーシュはその才覚に定評があるが、自尊心の強さでも同様に名高い。自分が逮捕して功績をほめそやされたいのだろう。アメリカ人の顔の映像を国じゅうのテレビで流したいま、こんどは自分の顔も同じ時間映し出されなくては気がすまないわけだ。こちらの仕事は、上官が土壇場で現れるまでひたすら守りつづけ、お膳立《ぜんだ》てをしてやることでしかない。

　立ちつくすコレの頭に、第二の理由がひらめいた。被害を最小限に抑えるためかもしれない。捜査機関の人間が逃亡犯の逮捕をためらうのは、当人の犯行だと確信を持てなくなったからだろう。ラングドンがシロだと考えはじめたのだろうか。そう思うとぞっとした。ファーシュはラングドンを逮捕するために、あともどりできないほど多くの策を施している。隠密監視《シュルベイヤンス・カシエ》、インターポール、おまけにテレビだ。高名なアメリカ人を殺人犯と決めつけて、その顔の映像をフランス全土のテレビに流した判断が誤りだったとしたら、いかに偉大なるベズ・ファーシュであろうと処分を免れまい。もしファーシュが過ちに気づいたのであれば、動かぬよう指示したのは納得できる。罪もないイギリス人の私有地へ大挙押しかけてラングドンに銃を突きつけることなど、なんとしても阻止したいはずだ。

　そのうえ、ラングドンが潔白だとしたら、この事件の最も不可解な点にも説明がつく。被害者の実の孫であるソフィー・ヌヴーが、なぜ加害者とおぼしき人物の逃亡を手助けしたのか。相手が無実だと承知していたからこそではないのか。今夜、ファーシュはソフィー・ヌヴーの奇妙な行動に解釈を与えるべくさまざまな仮説を並べ立てていたが、そのなかには、ソニエールの唯一の相続人であるソフィーが、遺産ほしさに秘密の愛人であるラングドンを焚《た》きつけて祖父を殺させた、というものまであった。それに感づいていたソニエールが、警察に〝P・S・ロバート・ラングドンを探せ〟とメッセージを残したというわけだ。コレはそんな話を信じていなかった。ソフィー・ヌヴーは分別に富んでおり、そうした浅ましいことに手を染めるとは考えられない。

「警部補」捜査官のひとりが駆け寄った。「車を発見しました」

コレはその男のあとについて、私道を五十ヤードほど進んだ。捜査官は道の反対側の端を指さした。茂みにほぼ隠れる形で、黒のアウディが停まっている。レンタカーのナンバーだ。ボンネットをさわってみると、まだあたたかい。熱いと言ってもよいほどだ。

「ラングドンはこれに乗ってきたにちがいない」コレは言った。「レンタカー会社に連絡しろ。盗難車かどうかを確認するんだ」

「了解しました」

背後の柵のあたりで、別の捜査官が手を振った。「警部補、あれを見てください」暗視装置つきの双眼鏡を渡す。「私道の突きあたり近くの木立です」

コレは坂へ双眼鏡を向け、ダイヤルで明暗を調節した。しだいに焦点が合い、緑色を帯びた像が見えてくる。カーブを描く私道を見つけ、それに沿って双眼鏡をゆっくりあげていくと、木立が視界にはいった。目が釘《くぎ》づけになった。緑の木々に覆われて、装甲トラックが停まっている。さっきチューリッヒ保管銀行から出るのを許可したトラックと同じ型だ。奇怪な偶然の一致であることを願ったが、そんなことはあるまい。

「ラングドンとヌヴーは、あのトラックで銀行から逃げたと思われます」捜査官が言った。

コレはことばを失った。入口で停車させたトラックの運転手の顔が目に浮かぶ。あのロレックスの時計。すぐにも去りたがっていたこと。自分は荷室をまったく調べなかった。

信じがたいことだが、銀行内の何者かがふたりの居場所を司法警察に伝えず、脱出に手を貸したにちがいない。しかし、だれが？　理由は？　ファーシュが行動を控えるよう命じたのも、そのことと関係があるのだろうか。ラングドンとヌヴー以外の人間がかかわっているらしいことに、ファーシュは気づいたのかもしれない。それにしても、ふたりが装甲トラックで来たのなら、あのアウディに乗ってきたのは何者なのか。

数百マイル南で、ビーチクラフト・バロン58のチャーター機が、ティレニア海の上空を北へ飛行していた。大気が安定しているにもかかわらず、アリンガローサはすぐにも気分が悪くなると確信して、エチケット袋を握りしめていた。パリとの通話は、まったく予想外の内容だった。

せまい客室で、アリンガローサは指にはめた金の指輪にふれ、激しい恐怖感と絶望感を静めようとした。パリで恐ろしい手ちがいが生じたらしい。目を閉じ、ベズ・ファーシュがどうにか事態をおさめてくれるよう祈りを唱えた。

64

ティービングはソファーにすわって、膝《ひざ》の上に木箱を大切にかかえ、蓋《ふた》に施された精巧な薔薇《ばら》の象嵌《ぞうがん》に見とれていた。今宵《こよい》は人生で最も奇妙な魅惑の夜になった。

「蓋をあけて」ソフィーがラングドンの隣で身を乗り出してささやいた。

ティービングは微笑んだ。そう急《せ》かすものではない。十年以上にわたってキー・ストーンを探しつづけてきた身としては、この瞬間をじっくりと秒刻みで味わいたい。木製の蓋に手のひらを這《は》わせ、薔薇の象嵌の感触を楽しんだ。

「薔薇か」ティービングはつぶやいた。薔薇、マグダラのマリア、聖杯。薔薇は行く手を示す羅針盤。ふと、ばかばかしい気分になった。何年にもわたって、フランスじゅうの大聖堂や教会を訪れ、金を積んで特別の入場許可を受け、薔薇窓の下にあるアーチ形通路を何百も調べ、暗号を秘めたキー・ストーンを探したものだ。クレ・ド・ヴット——薔薇の印の下にある要石《かなめいし》を求めて。

ティービングはゆっくりと留め金をはずし、蓋をあけた。

ようやく中身を見た瞬間、まちがいなくキー・ストーンだと思った。石でできた筒で、文字の刻まれたダイヤルが連なっている。不思議にも、その仕掛けには見覚えがある。

「ダ・ヴィンチの日記をもとにデザインしたの」ソフィーは言った。「祖父が趣味で作ったのよ」

どうりで、とティービングは思った。素描や設計図を見たことがある。聖杯を見つける手がかりがおさめられているはずだ。ティービングは重いクリプテックスを木箱から出し、注意深く持った。あける方法はまるで思いつかないが、みずからの運命がここにあるのを感じた。これまで調査が失敗に終わるたびに、探索は生涯報われないのではないかと自問したものだ。いまやその疑念はすっかり消えた。古《いにしえ》のことばが――聖杯伝説の根幹をなすことばが――耳によみがえった。

汝が聖杯を見つけるのではなく《ヴー・ヌ・トルーヴェ・パ・ル・サン・グラール》、聖杯が汝を見いだすのである《セ・ル・サン・グラール・キ・ヴー・トルーヴ》。

そして今夜、信じられないことに、聖杯を見つける手がかりが玄関からまっすぐ飛びこんできた。

ソフィーとティービングがクリプテックスを前にして、ビネガーやダイヤルや考えうるパスワードについて語り合っているとき、ラングドンは紫檀《したん》の木箱をしっかり観察すべく、部屋の反対側にある明るいテーブルへと運んでいった。ティービングのことばが頭を駆けめぐっている。

薔薇の印の下に隠されている。

ラングドンは木箱を明かりへ近づけ、薔薇の象嵌を凝視した。木工品や象嵌細工などにはくわしくないが、マドリード郊外にある修道院の有名なタイル張りの天井のことが記憶によみがえった。建築から三世紀を経て、天井のタイルが剝《は》げ落ちはじめ、残された漆喰《しっくい》のなかから、かつて修道僧たちが書きつけた聖句が現れたのである。

ラングドンはふたたび薔薇をながめた。

薔薇の下。

スブ・ロサ。

秘密。

背後の廊下から物音が響き、ラングドンは振り返った。暗闇しか見えない。ティービングの執事が通り過ぎたのだろうと思い、木箱へ視線をもどした。象嵌のなめらかなふちを指でなぞり、はずせないかと考えたが、完璧《かんぺき》な細工がされている。薔薇の象嵌と、それがはめこまれた精巧なくぼみとのあいだには、剃刀《かみそり》の刃すら入れられないだろう。

箱をあけ、蓋の内側を調べた。平たい。だが箱を動かしたとき、蓋の裏のちょうど真ん中に、小さな穴らしきものがあるのがわかった。蓋を閉じ、表側から象嵌を調べたが、穴は見あたらなかった。

この穴は蓋を突き抜けていない。

木箱をテーブルに置いて部屋を見まわすと、紙束を綴《と》じているクリップが目にはいった。クリップを拝借して木箱のもとへもどり、蓋をあけてふたたび穴を観察した。注意深くクリップを伸ばし、一端を穴に差しこむ。それからそっと押した。ほとんど力を入れぬうちに、何かがテーブルへ落ちて小さな音を立てた。蓋を閉じ、落ちたものに目をやった。パズルのピースを思わせる木片だ。蓋からはずれた木製の薔薇だった。

ラングドンは固唾《かたず》を呑《の》み、薔薇がはずれてむき出しになったくぼみを見つめた。そこには流麗な筆致で、見たこともない言語による四行の文が彫りこまれていた。セム系の言語にどことなく似た字だ。しかし、いったい何語だろう。

そのとき、背後で何かが動いたのに気づいた。強烈な一撃が不意に頭を見舞い、ラングドンは膝を突いた。

くずおれる一瞬、拳銃《けんじゅう》を持った青白い亡霊が浮かんでいるのを見た気がした。そして、すべてが闇に変わった。

65

捜査機関に勤務しているにもかかわらず、ソフィーにとって、銃を向けられるのははじめての経験だった。信じがたいことに、目の前で拳銃を握っているのは、長い白髪を垂らした色素欠乏症の大男だ。この世のものとも思えぬ赤い瞳《ひとみ》が、身をすくませるほどの眼光を放っている。毛織りの法衣の上に腰縄を巻いたその姿は中世の聖職者を思わせる。何者かは見当もつかなかったが、事件の背後に教会がいるとするティービングの説が、にわかに真っ当なものに感じられた。

「用件はわかっているはずだ」修道僧はうつろな声で言った。

ソフィーとティービングは命じられたとおり、ソファーに腰かけて両手をあげていた。ラングドンは床に倒れてうめいている。すぐさま、修道僧の視線がティービングの膝に載ったキー・ストーンをとらえた。

ティービングは挑発的に言い放った。「おまえにはあけられまい」

「わが師は聡明《そうめい》なかただ」修道僧は答え、拳銃をふたりへ交互に向けながら少しずつ近づいた。

ティービングの執事はどこへ行ったのだろう、とソフィーは思った。ロバートの倒れる音が聞こえなかったのか。

「おまえの師とはだれだ」ティービングは尋ねた。「金銭面での取引ならできると思う」

「聖杯は金では買えない」修道僧はさらに迫った。

「血が出ているぞ」ティービングは冷静に言い、修道僧の右脚を伝った血がくるぶしまで流れているのを顎《あご》で示した。「歩き方もおかしい」

「おまえと同じだ」修道僧は、ティービングの横に立てかけられた金属製の杖《つえ》を手で示した。「キー・ストーンを渡せ」

「キー・ストーンを知っているのか」ティービングは驚いた様子で言った。

「おまえには関係ない。ゆっくり立って、こちらへ渡せ」

「立つのは骨が折れるのだよ」

「都合がいい。すばやく動かれては困る」

ティービングは右手を一方の杖の取っ手に滑りこませ、左手でキー・ストーンをつかんだ。おぼつかない動作で立ちあがると、左手で重いキー・ストーンを持ちあげ、不安定な姿勢で杖に寄りかかった。

修道僧はティービングの頭にまっすぐ銃口を向けたまま、あと数フィートのところまで歩み寄った。なす術《すべ》もなく見守るソフィーを尻目《しりめ》に、修道僧はキー・ストーンへ手を伸ばした。

「思いどおりにはいくまい」ティービングは言った。「これをあけられるのは、その資格がある者だけだ」

資格があるか否かを決めるのは神にほかならない、とシラスは思った。

「かなり重いのだよ」杖を突いた男が腕を震わせて言った。「早くとってくれないと、落としてしまいそうだ！」危なげにふらついた。

シラスは急いで近寄ってキー・ストーンを奪おうとしたが、その刹那《せつな》、男がバランスを崩した。杖が滑り、支えを失った体が右側に倒れはじめる。まずい！　シラスはキー・ストーンを救おうと身を乗り出し、おのずと拳銃をさげた。ところが、つかみとることはできなかった。男が右へ傾きながら、左手を後ろに振ってキー・ストーンをソファーに投げ落としたからだ。同時に、倒れかけていた金属製の杖がすばやく振られ、大きな弧を描いて空を切り裂いたのち、シラスの脚へと向かった。

杖はシリスを強打し、すでにむき出しになっていた肉に棘《とげ》がめりこんで、シラスの

て撃つより早く、顎を女の足が直撃した。ふたたび構え
た拳銃が轟音《ごうおん》を響かせたが、床板にむなしく穴をうがっただけだった。倒れざまに撃っ
体に激痛を走らせた。膝《ひざ》ががくりと折れ、さらに深く棘が食いこむ。

私道の入口にいるコレの耳にも銃声は届いた。くぐもった発射音を聞いて、血が騒いだ。ファーシュの到着を待つ身では、ラングドン発見の栄誉を自分がになう望みはないものと、すでにあきらめていた。とはいえ、警察捜査の怠慢を追及する査問委員会でもあれば、ファーシュの身勝手のせいで矢面に立たされる羽目になる。

民家で銃が発砲されたんだぞ。それなのに私道の入口に突っ立っていろというのか。奇襲の機会はとうに失《う》せている。このままぼんやり立ちつくしていたら、朝には自分の全経歴が過去のものになっているだろう。コレは鉄製の門を見つめ、断をくだした。

「さあ、行け。片をつけるぞ」

朦朧《もうろう》とした意識の片隅で、ラングドンは銃声を聞いた。苦痛の叫びも耳にした。自分の声か？　削岩機が頭蓋骨《ずがいこつ》の後部に穴をあけている。近くで話し声が響いた。

「いったいどこにいた！」ティービングが怒鳴っている。

執事が駆けこんできた。「何があったのですか。これはひどい！　この男はだれです？　警察を呼んできましょう」

「ばかを言うな。呼んではならない。少しは頭を働かせて、こいつを縛るものを持ってこい」

「それに氷も！」ソフィーが執事の背に向かって声を張りあげた。

ラングドンはふたたび意識が遠のくのを感じた。声。人の動き。いつの間にかソファーにすわらされているのに気づいた。額にソフィーが氷嚢《ひょうのう》を押しあてている。頭が痛い。視界がはっきりしてくると、床に転がされている男の体が目に留まった。これは幻覚か？　大柄な色素欠乏症の修道僧が、ダクトテープで体を縛られ、口をふさがれている。顎に切り傷があり、法衣の右腿《みぎもも》あたりが血に染まっている。その男も意識を取りもどしつつあるらしい。

ラングドンはソフィーに顔を向けた。「この男は？　何が……あったんだ」

ティービングが脚を引きずりつつ近寄った。「アクメ・オーソピーディック社製の聖剣を振りかざした騎士に、きみは助けられたんだよ」

なんだって？　ラングドンは体を起こそうとした。

ソフィーの手は震えているが、思いやりがこもっていた。「少し休んだほうがいいわ、ロバート」

「申しわけないが」ティービングは言った。「わたしのこの哀れな体でさえ役に立つことを、きみのガールフレンドの目の前で見せつけてしまったよ。きみはだれからも見くびられるようだな」

ラングドンはソファーの上から修道僧を見つめ、何が起こったのかを推し量ろうとした。

「この男はシリスをつけていた」ティービングは説明した。

「何をだって？」

床に落ちている、棘のついた血まみれの革帯を指さした。「苦行のベルトだ。腿に巻いていた。わたしはこれに命中させたのだよ」

ラングドンは頭をもんだ。苦行のベルトのことは聞いたことがある。「しかし……どうしてわかったんだ」

ティービングはにやりと笑った。「キリスト教はわたしの専門分野だぞ、ロバート。信仰を誇示したがる宗派はいくつかある」修道僧の法衣を濡《ぬ》らしている血を杖で示した。「こんなふうにな」

「オプス・デイか」ラングドンはつぶやき、その会員であるボストンの名だたる実業家たちのことが最近報道されたのを思い出した。疑心に駆られた同僚らによって、スリーピースのスーツの下にシリスを着用していると大々的に告発されたのである。実際には、その三人はシリスなど身につけていなかった。オプス・デイの大半の信者と同様、その三人は〝在俗信者《スーパーヌメラリー》〟の段階にあり、肉体的な苦行とは無縁だった。敬虔《けいけん》なカトリックで、子供の面倒をよく見る父親であり、地域社会に多大な貢献をしていた。言うまでもなく、マスメディアは三人の信仰の深さには軽くふれただけで、衝撃的な話題を求めて、より厳格な日々を過ごす〝専従信者《ヌメラリー》〟について取りあげた。いま目の前に横たわっている修道僧のような信者だ。

ティービングは血染めのベルトを一心に見つめていた。「それにしても、なぜオプス・デイが聖杯を探そうとするのか」

頭がぼんやりして、ラングドンは何も考えつかなかった。

「ロバート」ソフィーは木箱に歩み寄って言った。「これはどうしたの?」手に持っているのは、ラングドンが蓋《ふた》からはずした小さな薔薇《ばら》の象嵌《ぞうがん》だ。

「その下に、彫刻された文字が隠れていたんだよ。キー・ストーンのあけ方が書いてあると思うんだが」

ソフィーとティービングが答えようとしたとき、数知れぬ警察車両の青い回転灯の光がサイレンとともに丘のふもとに現れ、半マイルの私道をのぼりはじめた。ティービングは顔をしかめた。「友よ、どうやら決断のときらしい。しかも一刻を争うぞ」

66

コレと部下たちは銃を抜いて、ティービング邸の玄関を中へ突進した。それから四方へ散り、一階のすべての部屋を捜索しはじめた。客間には争った痕跡《こんせき》があり、弾痕や小さな血だまり、棘のついた奇妙な革帯や使いかけのダクトテープが床に残されていた。どこも静まり返っている。

コレが部下をふた手に分け、地下室と家の裏手を探させようとしたとき、二階から声がいくつか響いた。

「上にいる!」

一同は幅の広い階段を駆けあがり、暗い寝室や廊下を確認しながら巨大な邸宅をひと部屋ずつ移動して、声がするほうへ近づいた。途方もなく長い廊下の端にある寝室から聞こえてくるらしい。ほかの出口をふさぎ、ゆっくりと廊下を進んだ。

端の寝室のそばまで行くと、ドアが大きくあけ放たれているのが見えた。唐突に声がやみ、かわりに、なぜかエンジン音に似た轟音《ごうおん》が聞こえた。

コレは銃を掲げ、合図を出した。戸口へ忍び寄り、手探りで明かりのスイッチをつける。部下とともに部屋へなだれこみ、大声をあげて銃を構えた……が、その先には何もなかった。

客用寝室にはだれもいない。空っぽだ。

自動車と思われる重厚なエンジン音が、ベッド脇の壁に取りつけられた黒いパネルから発せられている。先刻、ほかの場所でも同じ電子装置を見かけた。インターコムの一種だろう。コレは走り寄った。ラベルの貼られた十数個のボタンが並んでいる。

書斎……キッチン……洗濯室……地下室……

この車の音はどこから聞こえてくるのだろう。

主寝室……サンルーム……納屋……図書室……

納屋だ！　コレはすぐさま階下へおり、そこにいたひとりの捜査官をつかまえて、いっしょに裏口へ走った。裏庭の芝生を横切り、古びた灰色の納屋の前に、息を切らせてたどり着いた。中へはいらないうちから、遠ざかるエンジン音が聞こえた。銃を抜いて駆けこみ、明かりをつけた。

納屋の右半分は簡単な作業場だった。芝刈り機や、自動車整備用の工具や、園芸用品が置かれている。近くの壁に例のインターコムのパネルが掛けてあるのが見える。ボタンのひとつが押しこまれており、音声の通じる先を示している。

第二客用寝室

怒りがこみあげ、めまいがした。インターコムで二階へおびき寄せたのか！　納屋の反対側を見ると、馬房が長い列をなして並んでいた。馬はいない。ここの持ち主は別のたぐいの馬力が好みらしく、馬房は堂々たる車庫に改装されている。驚くべきコレクションだった。黒のフェラーリ、清らかなロールス・ロイス、昔懐かしいアストン・マーティンのスポーツ・クーペ、年代物のポルシェ356。

最後の馬房は空だった。

走り寄ると、床にオイルのしみが見えた。どうあがこうと、包囲からは逃れられまい。こうした事態に備えて、私道と門は二台のパトカーで封鎖してある。

「警部補」捜査官が馬房の列の先を指さした。

納屋の奥の滑り戸が大きくあけ放たれていて、そこからぬかるんだ暗い斜面が伸び、起伏の多い原野へつづいていた。コレは滑り戸へ駆け寄り、闇を透かし見ようとした。かなたに森のおぼろげな輪郭が判別できただけだった。ヘッドライトは見えない。この木深い谷には、地図に載っていない何十もの射撃や狩猟用の道が縦横に走っているはずだが、連中は絶対に逃げおおせまい。「何人かをあちらへ向かわせろ。そう遠くないところで立ち往生しているはずだ。しゃれたスポーツカーでは、あの地形を越えられるわけがない」

「しかし、警部補」捜査官は、近くの壁に据えられた、数本の鍵《かぎ》がぶらさがったボードを指し示した。鍵の上のラベルにはなじみのある車名が書かれている。

ダイムラー……ロールス・ロイス……アストン・マーティン……ポルシェ……

最後の掛け釘《くぎ》には鍵がなかった。

その上のラベルを見たとき、コレはまずいと思った。

67

そのレンジ・ローヴァーは漆黒の四輪駆動マニュアル車で、ポリプロピレン製の頑丈なヘッドライトやテールライトを備え、ハンドルは右側にあった。

ラングドンは自分が運転せずにすんで安堵《あんど》していた。

月明かりのなか、ティービングの命を受けた執事のレミーが巧みに車を操り、シャトー・ヴィレットの裏手の原野を進んでいる。ヘッドライトをつけないまま、丘を越えた車は下りの長い斜面にさしかかって、屋敷からどんどん離れていく。はるか前方の、不ぞろいな輪郭が見える森林地帯をめざしているらしい。

助手席でキー・ストーンを慎重にかかえたラングドンは、後部座席のティービングとソフィーへ顔を向けた。

「頭の具合はどう、ロバート」ソフィーは気づかわしげに言った。

ラングドンは無理に笑みをつくろった。「よくなったよ、ありがとう」死にそうに痛かった。

ソフィーの横のティービングは首をひねり、座席の後ろのせま苦しい荷物置き場に縛られたまま横たわっている修道僧を一瞥《いちべつ》した。修道僧の拳銃《けんじゅう》を膝《ひざ》に置いたティービングの姿は、仕留めた獲物の上でポーズをとるイギリス人狩猟家の古めかしい写真を連想させた。

「今夜来てくれたのを感謝するよ、ロバート」ティービングは数年ぶりに愉快なことがあったかのような笑顔を見せた。

「巻きこんでしまってすまない、リー」

「とんでもない。ずっと巻きこまれたかったのだよ」ティービングは視線をラングドンから前方へ移し、フロントガラスの向こうで長い列をなす生け垣を見やった。後ろからレミーの肩を叩《たた》く。「ブレーキライトをつけるなよ。必要ならサイドブレーキを使え。もう少し森の奥へはいっておきたい。家から見えては困るからな」

レミーは車の速度をゆるやかに落とし、生け垣の切れ目を抜けた。鬱蒼《うっそう》とした小道へ乗り入れたとたん、頭上の木々で月光がさえぎられた。

何も見えない。ラングドンは目を凝らして前方の物影を多少とも見分けようとした。真っ暗闇だ。枝が車の左側をこすったので、レミーは向きを正した。おおむねハンドルをまっすぐに保ったまま、三十ヤードほどゆっくり進んだ。

「うまいぞ、レミー」ティービングは言った。「これだけ離れればだいじょうぶだろう。ロバート、その窓のすぐ下にある小さな青いボタンを押してくれないか。わかるかね」

ラングドンはボタンを見つけて押した。

柔らかな黄色の光が前の小道にひろがり、両側の濃い下生えを照らし出した。フォグライトだ。小道をはずれずに進める程度の明るさはある一方、すでに森の奥深くにいるから光が漏れることはないだろう。

「よし、レミー」ティービングは楽しげに言った。「ライトがついた。われわれの命はきみの手に委《ゆだ》ねられている」

「どこへ行くの?」ソフィーは尋ねた。

「この道は森のなかを二マイルばかりつづく」ティービングは答えた。「敷地を突っ切って北へ曲がっている。水たまりや倒木に出くわさなければ、ハイウェイ十五号線に難なく出られる」

難なく、か。この頭は難だらけだ、とラングドンは思った。膝に目を落とし、キー・ストーンをしまいこんだ木箱を見つめた。薔薇《ばら》の象嵌《ぞうがん》は蓋《ふた》にもどしてある。まだ頭がはっきりしていないが、象嵌をもう一度取りはずして、その下に彫られた字をもっとくわしく調べたかった。留め金をはずして蓋をあけようとしたとき、背後からティービングが肩に手を置いた。

「辛抱しろ、ロバート」ティービングは言った。「揺れがひどいし、暗すぎる。壊したら大変だぞ。明かりのもとでどの言語かわからなかったのなら、暗いところで見ても同じだ。いまは無事に脱出することに専念しよう。すぐに調べられるとも」

ラングドンは納得し、うなずいて木箱の留め金を掛けなおした。

後ろの修道僧がうめき声をあげ、縛《いまし》めの下でもがいた。いきなり脚をばたつかせはじめた。

ティービングはすばやく振り向き、座席の上から拳銃を突きつけた。「いったい何がご不満なのかね。おまえはわたしの家に不法侵入し、親友の頭を殴ってひどいみみず腫《ば》れを作らせた。この場でおまえを撃ち殺し、森で朽ち果てさせてもかまわないのだからな」

修道僧は静かになった。

「ほんとうにこの男も連れてくるべきだったのか」ラングドンは訊《き》いた。

「あたりまえだ」ティービングは声を大にして言った。「ロバート、きみは殺人の疑いで手配されているのだぞ。このならず者の身柄こそ自由への切符だ。どうやら警察はきみたちを捕まえたくてしかたがないようだな」

「わたしのミスよ」ソフィーは言った。「たぶん、あの装甲トラックに発信機がつけられてたんだわ」

「それはどうでもいい」ティービングは言った。「警察がきみたちの居場所を突き止めたのは不思議でもなんでもないが、このオプス・デイの男にそれができたのは驚きだ。きみたちの話からすると、司法警察かチューリッヒ保管銀行の内部に情報提供者がいないかぎり、わたしの家を探しあてられないはずだが」

ラングドンは一考した。そう言えば、ファーシュには、今夜の事件の罪をなんとしてもだれかに着せようとしているふしがある。一方、四人を殺害した容疑者を相手にすれば当然かもしれないが、ヴェルネが急に変心したのも妙だった。

「この男はひとりで行動しているわけではない」ティービングは言った。「背後に何者がいるかを見きわめるまで、きみたちふたりの危険は取り除けない。救いは、いまこの瞬間、きみたちが優位に立っていることだ。こいつは情報を握っているし、黒幕がだれであれ、いまごろかなり苛立《いらだ》っているにちがいない」

レミーは路面に慣れてきたらしく、速度をあげた。しぶきをあげて水たまりをいくつか渡り、小さな丘を越え、またくだりはじめた。

「ロバート、すまないがそこの電話をとってくれないか」ティービングはダッシュボードの自動車電話を指さした。ラングドンが渡すと、ティービングは番号を押した。

ずいぶん長く待ったあと、応答があった。「リチャード？　起こしてしまったかね。当然だな。訊くまでもなかった。すまない。ちょっとした問題があるのだよ。少し具合が悪くてね。レミーといっしょに、イギリスへ治療を受けにいかなくてはいけない。そう、いますぐだ。急な話で申しわけない。二十分でエリザベスを準備してくれないか。むろん、できる範囲でいい。では、あとで」電話を切った。

「エリザベス？」ラングドンは言った。

「わたしの飛行機だ。女王陛下の身代金並みの値段だったものでな」

ラングドンは体ごと後ろを向き、ティービングを見つめた。

「なんだね」ティービングは言った。「司法警察が総力をあげて追っているのに、まだフランスにとどまるつもりなのか。ロンドンのほうがずっと安全だよ」

ソフィーも向きなおった。「国外へ逃亡しろと言うの？」

「フランスより文明度の高い国でこそ、わたしは影響力を発揮できる。それに、聖杯はイギリスにあると考えられている。もしキー・ストーンを開くことができたら、正しい方向へ進んだことを証明する地図がきっと見つかるとも」

「わたしたちを助けることで」ソフィーは言った。「あなたはずいぶん危ない橋を渡ってるのよ。フランスの警察から目の敵にされるわ」

ティービングはうんざりした様子で手を振った。「フランスに未練はない。キー・ストーンを探すために来たのだから。その目的が果たされたいま、シャトー・ヴィレットを二度と見られなくてもかまわないとも」

ソフィーは不安げに言った。「空港の警備をどうやってくぐり抜けるつもり？」

ティービングは得意げに微笑んだ。「ル・ブールジェから飛ぶ。ここからさして遠くない、VIP向けの飛行場だ。フランス人の医者は癇《かん》に障るから、二週間に一度、北へ飛んでイギリスで治療を受けているのだよ。両国に特別の便宜を図ってもらうために、それなりのものを払っている。いったん飛行機に乗ってしまえば、アメリカ大使館の人間に会うかどうかもきみたちが好きに決められる」

急にラングドンは、大使館などどうでもいいと思った。心を占めているのは、キー・ストーンと、蓋に刻まれた文字と、それらが聖杯へ導いてくれるのかどうかということだけだ。イギリスについてティービングが言ったことは正しいのだろうか。たしかに、新しい伝承では、聖杯がイギリスのどこかにあるとされることが多い。アーサー王と聖杯にゆかりのあるアヴァロン島はイギリスのグラストンベリーにほかならないと言われている。聖杯がどこにあるにせよ、自分がまさにそれを探し求めているという実感は湧かなかった。サングリアル文書。イエス・キリストの真実の物語。マグダラのマリアの墓。にわかに、今夜の自分が現実世界の手が及ばない秘境に迷いこんだかに思えた。

「サー」レミーが言った。「ほんとうにそのままイギリスにとどまるおつもりなのですか」

「レミー、心配することはない」ティービングは請け合った。「女王陛下の国へ帰るからといって、残りの人生をソーセージとマッシュポテトに捧《ささ》げるつもりはない。おまえには永遠にそばにいてもらいたい。デヴォンシャーに豪華な別荘を買うつもりなのだが、おまえの荷物はすぐに船便で送らせることにする。胸が躍るよ、レミー。これぞ冒険だ」

ラングドンは思わず微笑んだ。ティービングがイギリスへの凱旋《がいせん》計画をまくし立てるにつれ、その興奮が自分にも乗り移る気がした。

何気なく窓の外に目をやり、フォグライトのおぼろげな黄色い光で弱々しく照らされた木々が過ぎていくのをながめた。枝にこすられたサイドミラーは内側へ曲がっており、後部座席に静かにすわるソフィーの姿が映っている。長いあいだその姿を見つめていると、思いがけず心が安らいだ。災難だらけの夜だが、貴重な同志になれたのはありがたかった。

何分かたつと、視線を感じとったかのように、ソフィーは身を乗り出してラングドンの肩にふれた。「だいじょうぶ？」

「うん」ラングドンは言った。「どうにかね」

もとの姿勢になったソフィーの口もとに軽い笑みが浮かんだ。ラングドンは自分も微笑んでいるのに気づいた。

レンジ・ローヴァーの後部に押しこまれたシラスは、ほとんど呼吸ができなかった。腕は二本とも後ろへ曲げられ、調理用の紐《ひも》とダクトテープで踵《かかと》に括《くく》りつけられている。車が揺れるたび、ねじられた肩を激痛が貫く。シリスがはずされているのが、せめてもの救いだった。口を覆うテープのせいで鼻からしか息を吸えないが、押しこめられた場所がほこりっぽい荷物用の空間なので、鼻孔が詰まりかけ、咳《せき》が出はじめた。

「窒息しそうですよ」案じる口ぶりでフランス人の運転手が言った。

先刻杖《つえ》で殴りつけたイギリス人が後ろを振り返り、座席越しに冷然とシラスを見据えた。「おまえにとっては運のいいことに、われわれイギリス人は、友のみならず敵にも寛恕《かんじょ》の心を示せるかどうかで人間の価値を判断する」手を伸ばし、シラスの口をふさぐダクトテープをつかむ。そして一気に引きはがした。

シラスは唇に火がついたかのように感じたが、肺へ流れこむ空気は神の贈り物だった。

「おまえはだれのために働いている」イギリス人は問いただした。

「神の御業《みわざ》に従っている」女に蹴《け》られた顎《あご》に痛みが走り、シラスは唾《つば》を呑《の》んだ。

「オプス・デイの信徒だな」男は言った。尋ねる口調ではない。

「あんたは何もわかっていない」

「なぜオプス・デイがキー・ストーンを探し求める？」

シラスは答えるつもりがなかった。キー・ストーンは聖杯の手がかりであり、聖杯は信仰を守る鍵《かぎ》だ。

自分は神の御業をおこなっている。神の道に苦難は多い。

だが、レンジ・ローヴァーで縛めに抗《あらが》っているうち、導師と司教の期待に副《そ》えなかったことを思って戦慄《せんりつ》した。事態の急変をふたりに伝える術《すべ》すらない。相手はキー・ストーンを持っている！　先を越して聖杯にたどり着くにちがいない！　息苦しい闇のなかでシラスは祈った。体の痛みを糧にして念じつづけた。

主《しゅ》よ、奇跡を。奇跡をお与えください。数時間後にそれが起ころうとは思いもしなかった。

「ロバート？」ソフィーはラングドンを見つめていた。「いま変な顔をしなかった？」

ソフィーを見返したラングドンは、自分の顎が強く引かれ、心臓が早鐘を打っているのに気づいた。たったいま、信じられない考えが脳裏にひらめいた。そんなに単純なことなのか？「携帯電話を貸してくれないか、ソフィー」

「いま？」

「ちょっと思いついたことがあるんだ」

「何を？」

「すぐ教える。携帯電話を」

ソフィーは用心しているふうだった。「ファーシュが探知してはいないと思うけど、念のため一分以内ですませて」そう言って電話を渡した。

「アメリカにはどうやってかければいい？」

「受信人払いにしないとだめよ。海外と直通で話せる設定じゃないから」

ラングドンは交換手呼び出し番号を押した。いまから六十秒のうちに、夜通し自分を悩ませつづけた疑問の答が得られるかもしれない。

68

ニューヨークの編集者ジョナス・フォークマンの部屋で電話が鳴ったのは、ちょうどベッドにもぐりこんだときだった。ちょっと遅すぎやしないか、とぼやきながらフォークマンは受話器をとった。

交換手の声が尋ねた。「ロバート・ラングドンさまからコレクトコールのお申しこみですが、よろしいですか」

フォークマンはとまどいつつ、明かりをつけた。「あ……ああ、いいが」

カチリという音がした。「ジョナス？」

「ロバートか。叩《たた》き起こしておいて、そのうえ料金を払わせる気なのか」

「ジョナス、申しわけない」ラングドンは言った。「すぐに切るよ。どうしても知りたいことがあってね。わたしが渡した原稿についてだ。もう——」

「ロバート、すまない。今週中に校正刷りを送るとは言ったけど、とんでもなく忙しくてな。月曜には送るよ。約束する」

「その件はいいんだ。訊《き》きたいのは、わたしの知らないうちに、推薦文を書いてもらうために原稿をだれかに読ませなかったかということだ」

フォークマンは口ごもった。ラングドンの最新の原稿は女神崇拝の歴史を研究したものだが、マグダラのマリアについての数節は、眉《まゆ》を吊《つ》りあげる読者が何人もいそうな内容だった。綿密に裏づけがとられ、ほかにも論じている者がいる題材だとはいえ、定評ある歴史学者や著名な美術研究者から少なくとも二、三の推薦文を得られないかぎり、仮綴《かりと》じ本を作るつもりはなかった。フォークマンは芸術界の重鎮を十人選び、裏表紙に載せる短い推薦文を書いてもらえないかと丁重に依頼する手紙を添えて、原稿一式を送った。これまでの経験では、ほとんどの人間が、自分の名前が出版物に載る機会に飛びついたものだ。

「ジョナス」ラングドンはたたみかけた。「原稿を送ったんだろう?」

ラングドンが不機嫌そうなのを感じ、フォークマンは渋い顔をした。「原稿は完全に仕上がってたし、ものすごい推薦文をだれかに書いてもらって驚かせたかったんだよ」

一瞬の沈黙。「ルーヴル美術館の館長にも送ったか?」

「いい案だろう? きみの原稿はルーヴルの収蔵品に何度か言及してるし、ソニエールの著書は参考文献にも載ってる。そして、ソニエールはその発言が外国での売れ行きを大きく左右する人物だ。うってつけだったんだよ」

　電話の向こうで長い沈黙がつづいた。「いつ送ったんだ」

「ひと月ほど前だな。きみが近々パリへ行くから、直接話してみたらどうかとも勧めておいた。会いたいという連絡はなかったか」フォークマンは目をこすった。「ちょっと待て、きみは今週パリにいる予定じゃなかったか」

「いるさ」

　フォークマンはまっすぐすわりなおした。「パリからコレクトコールをかけているのか」

「印税から差し引いてくれ。ソニエールから返事は？　原稿を気に入ったようだったのか？」

「わからない。まだ連絡がないんだ」

「期待しないほうが身のためだ。そろそろ切る。おかげでつじつまが合ったよ。ありがとう」

「ロバート――」

　だが電話は切れた。

　フォークマンは受話器を置き、信じられない思いでかぶりを振った。物書きというものは、いちばんまともなやつでさえ変人だ。

レンジ・ローヴァーのなかで、リー・ティービングは声をあげて笑いだした。「秘密結社について深く掘りさげた原稿を書いたら、編集者がそれを当の秘密結社に送ってしまったということか」

ラングドンは肩を落とした。「どうやらね」

「残酷な偶然だな」

偶然とは言えまい、とラングドンは思った。女神崇拝の本について推薦文を書いてくれとジャック・ソニエールに頼むのは、ゴルフの本についてタイガー・ウッズに頼むようなものだ。しかも、女神崇拝の本を書く場合、シオン修道会に言及しないことはまずありえない。

「では、百万ドルの質問だ」まだ含み笑いをしたまま、ティービングは言った。「きみはシオン修道会に対して好意的に書いたのか、それとも否定的に書いたのか」

ラングドンはティービングの質問の真意を汲《く》みとった。歴史学者の多くは、なぜシオン修道会がいまもサングリアル文書を隠しつづけるのか、疑問に思っている。とうの昔に公にすべきだったと考える者もいる。「シオン修道会の行動に対しては、どちらの立場もとらなかった」

「煮えきらないな」

ラングドンは肩をすくめた。明らかにティービングは、文書を公開すべきとする側に立っている。「シオン修道会の歴史について述べたうえで、それがいまも女神を崇拝する秘密結社であり、聖杯を保管し、古代の文書を守護していると書いただけだ」

ソフィーがラングドンを見て言った。「キー・ストーンのことは書いたの？」

ラングドンはたじろいだ。たしかに書いた。何度も何度も。「シオン修道会が今後も末長くサングリアル文書を守ろうとしている例として、キー・ストーンの話題にふれた」

ソフィーは目を大きくした。「〝P．S．ロバート・ラングドンを探せ〟もそれで説明できるんじゃないかしら」

ソニエールの興味を掻《か》き立てたのはほかの要素かもしれないとラングドンは思ったが、その話はソフィーとふたりきりのときにしようと決めた。

「つまり」ソフィーは言った。「あなたはファーシュ警部に嘘をついたのね」

「なんだって？」ラングドンは言った。

「祖父と連絡をとったことは一度もないと言ったでしょう？」

「ほんとうにないんだ。原稿を送ったのは編集者なんだから」

「よく考えて、ロバート。編集者がそのとき使った封筒が祖父の部屋から見つかったのでもないかぎり、ファーシュ警部はあなたが送ったものと思いこむはずよ」ソフィーはためらった。「もっと悪ければ、あなたが原稿を手渡ししたのに、そのことを隠していると考えるわ」

ル・ブールジェ飛行場へ着くと、レミーは滑走路の反対側にある小さな格納庫へと車を走らせた。皺《しわ》だらけのチノクロスの服を着た乱れ髪の男が走り出て手を振り、金属製の巨大な波形の扉をあけて、流線型の白いジェット機の姿をあらわにした。

ラングドンはつややかな胴体を見つめた。「あれがエリザベスかい」

ティービングはにやりと笑った。「英仏海峡トンネルなんて目じゃないね」

チノクロスの服の男が駆け寄ってきて、ヘッドライトに目を細めた。「ほぼ準備完了です」いかにもイギリス人らしい英語で叫ぶ。「遅れて申しわけありませんが、なにぶんお申し出が急だったもので——」車からおりてきた一行を見たとたん、口をつぐんだ。ソフィーとラングドンを見つめ、それからティービングへ目をやった。

ティービングは言った。「この仲間といっしょに、ロンドンで緊急の用事ができてね。一刻の猶予もないのだよ。すぐに出発準備にはいってもらいたい」話しながら、拳銃《けんじゅう》を車から出してラングドンに渡した。

銃を見たパイロットは目を剝《む》いた。ティービングへ近づいて小声で言う。「恐れ入りますが、わたしの海外飛行許可は、あなたと執事のかただけが対象です。お客さまはお連れできません」

「リチャード」ティービングはやさしく微笑んだ。「二千ポンドとあの銃を見れば、わたしの客も連れていくと返事できるはずだ」レンジ・ローヴァーを手で示した。「ついでに、車の後ろに転がっている哀れな男もだ」

69

ホーカー731のギャレットTFE―731ツイン・エンジンがうなりをあげ、あらんかぎりの力を振り絞って機体を上昇させた。窓の外で、ル・ブールジェ飛行場が驚くべき速さで遠ざかっていく。

国外逃亡というわけね。ソフィーは心のなかでつぶやき、革張りのシートにやむなく体を預けた。この瞬間まで、ファーシュ警部との追いかけっこは、国防省に対しても正当性を主張できるものだと信じていた。わたしは無実の人間を守ろうとしていたんです。祖父の最期の望みを果たそうとしていたんです。その弁明がたったいまできなくなったことを、ソフィーは悟った。お尋ね者や縛りあげた人質といっしょに、手続きを無視して出国したのだから。〝道理の境界線〟なるものがあるとすれば、いまそれを飛び越してしまった。音速に届きそうなスピードで。

ソフィーはラングドンとティービングとともに、客室の前側の席にいた。ドアにはめこまれた金の装飾メダルによると、これは〝選《え》り抜きのエグゼクティブのためのファンジェット機〟だそうだ。豪華な回転式の椅子がすべて床のレールに取りつけられており、向きを変えれば長方形の硬材のテーブルを囲むように並べることもできる。ミニ会議室だ。しかし、その品格ある設《しつら》えも、後方の殺伐たる雰囲気をつくろうには不十分だった。客室から隔たったトイレのそばの座席に、ティービングの命を受けた執事のレミーが銃を携えてすわり、荷物さながらに縛られて横たわる血だらけの修道僧をしぶしぶ見張っていた。

「キー・ストーンの話にもどる前に」ティービングが言った。「少し聞いてもらいたいことがあるのだがね」まるで子供に性の知識を授けようとする父親のような、気づかわしげな口調だ。「わたしはあくまでこの旅の招待客だと心得ているし、その立場を光栄に感じてもいる。だが、聖杯の探求に生涯を捧《ささ》げてきた人間として、警告するのは自分の義務だと思う。きみたちが足を踏み入れた道では、いかなる危険に出くわしても、けっしてあともどりができないのだよ」ソフィーのほうを向く。「ミス・ヌヴー、きみのおじいさんは、聖杯の秘密をそのまま引き継いでくれることを願って、きみにクリプテックスを託したわけだ」

「ええ」

「どんな結果になろうと、きみは手がかりを追わずにいられまい」

ソフィーはうなずきながらも、もうひとつの動機がいまも胸の内で燃えさかっているのを感じた。家族にまつわる真実。キー・ストーンは自分の過去とは無関係だとラングドンから説明を受けたにもかかわらず、ごく私的な何かがこの謎にひそんでいる気がしてならなかった。祖父がみずからの手で作ったこのクリプテックスが、いまになって自分に語りかけ、長年付きまとったむなしさと決別させてくれるのではないかと思った。

「今夜、きみのおじいさんも含めて四人が死んだ」ティービングはつづけた。「命を懸けても、全員が教会にキー・ストーンを奪われまいとした。オプス・デイはそれを手にする寸前まで迫った。肝に銘じてもらいたいのは、きみは途方もない責任を課せられたということだ。聖火を託されたのだよ。二千年の長きにわたって、絶えることなく引き継がれてきた炎を。この聖火をまちがった手に渡してはいけない」紫檀《したん》の箱に目をやる。「ミス・ヌヴー、これまで選択の余地がなかったのは承知だが、そういった事情を踏まえて、きみはこの責任をすべて受け入れるか……それともほかのだれかに委《ゆだ》ねるか、いずれかを選択しなくてはならない」

「祖父はクリプテックスをこのわたしに預けてくれた。わたしがその責任に耐えられると判断したからだと思うの」

ティービングは希望と不安が相半ばするかのような表情を浮かべた。「よろしい。

強い意志は不可欠だ。しかし、キー・ストーンの錠を開くことができても、はるかにきびしい試練が待ち受けているのだが、それに対する覚悟はあるだろうか」

「どんな試練かしら」

「聖杯のありかを示す地図が思いがけず手にはいったとしよう。その瞬間、歴史を永遠に変えてしまうだけの真実がきみのものになる。人類が何世紀にもわたって探し求めてきた真実だ。そしてきみは、その真実を全世界に伝える責任と対峙《たいじ》せざるをえなくなる。その任を果たす者は多くの人間に崇《あが》められる一方で、多くの人間に蔑《さげす》まれる。問題は、そのために必要な強さをきみが持てるかどうかだ」

ソフィーはためらった。「公にするかどうかを決めるのはわたしじゃないと思うんだけど」

ティービングは眉をあげた。「きみではない？　キー・ストーンの持ち主でなければ、いったいだれが？」

「長いあいだ秘密を守り抜いた組織よ」

「シオン修道会が？」ティービングは信じられないという顔をした。「だがどうやって？　組織は今夜崩壊したではないか。きみのことばを借りれば、〝頂上壊滅《デカピテート》〟させられたのだよ。盗聴のたぐいを受けていたのか、スパイが潜入していたのかは知る由もないが、何者かが組織に近づいて、四人の幹部の素性を暴いたのは絶対の事実だ。いまから同胞だと名乗り出る人間は、だれであれ信用できない」

「なら、どうすればいい？」ラングドンが尋ねた。

「ロバート、きみも知ってのとおり、シオン修道会が真実を秘めてきたのは永遠に風化させるためではない。秘密を明かすにふさわしい歴史上の瞬間を待っていたのだよ。世界が真実と向き合えるそのときを」

「で、その瞬間が来たというのか」

「そうだ。明々白々ではないか。歴史的に見ても、機は熟している。それに、すぐにも秘密を暴露する計画がなければ、なぜいまごろになって襲撃される？」

ソフィーは言った。「あのオプス・デイの修道僧からまだ目的を聞き出していないわ」

「あの男の目的は教会の目的そのものだ」ティービングは答えた。「大いなる欺瞞《ぎまん》を世に知らしめる文書を始末する気だったにちがいない。今夜、教会の手がかつてないほど間近に迫ったからこそ、シオン修道会はきみに後事を託したのだよ。聖杯を守る仕事には、真実の開示という修道会の最終目的を遂行することがまちがいなく含まれている」

ラングドンが口をはさんだ。「リー、ソフィーにそんな決断を促すのは酷だよ。サングリアル文書の存在さえ一時間前に知ったばかりなのに」

ティービングはため息を漏らした。「ミス・ヌヴー、催促がましく聞こえたらすまない。わたしはそれらの文書が公開されるべきだとつねづね思っていたが、最終的にはきみ自身が決めることだ。ただ、キー・ストーンの解錠に成功したらどうなるかを、きみに考えておいてもらいたくてね」

「聞いて」ソフィーは決然と言った。「〝汝《なんじ》が聖杯を見つけるのではなく、聖杯が汝を見いだすのである〟だったかしら。なんらかの理由があって、聖杯がわたしを選んだと信じてみようと思うの。しかるべき時機が来たら、どうすべきかきっとわかるはずよ」

ラングドンとティービングは驚いた顔つきになった。

「さあ」ソフィーは言って、紫檀の箱を示した。「先へ進みましょう」

70

シャトー・ヴィレットの客間にたたずんで、消えかかった暖炉の火を見つめながら、コレ警部補は落胆に沈んでいた。ファーシュ警部は少し前に到着し、いまは隣室で電話に向かって声を張りあげている。レンジ・ローヴァーの位置を割り出そうという試みが不首尾に終わり、どうにか手を打とうとしているところだ。

もうどこへ逃げ延びていてもおかしくない、とコレは思った。

ファーシュの命令にそむいたうえ、またしてもラングドンを取り逃がしたコレは、床にあいた銃弾の穴を技術科学警察が発見したと聞いて胸をなでおろした。一度は発砲したという自分の主張は裏づけられた。とはいえ、ファーシュは不機嫌そのもので、事態がおさまれば爆発するのは目に見えていた。

残念ながら、屋敷じゅうをひっくり返したにもかかわらず、事件の実状も関係者も判明しそうになかった。外に停まっていた黒のアウディは、偽の名義とクレジットカード番号で借りたレンタカーで、車内に残された指紋と一致するものはインターポールのデータベースから見つからなかった。

ひとりの捜査官がきびしいまなざしで客間へ飛びこんできた。「ファーシュ警部はどちらに？」

コレはくすぶっている火からわずかに目をあげた。「電話中だ」

「もう終わった」ファーシュが部屋に現れ、鋭く言った。「何かわかったか」

捜査官が言った。「先ほどチューリッヒ保管銀行のアンドレ・ヴェルネ支店長から連絡がありました。警部と直接話したいそうです。供述を変えるつもりらしくて」

「なんだと？」ファーシュは言った。

コレは顔をあげた。

「今夜ラングドンとヌヴーが行内にしばらくいたことを認めました」

「推測どおりだ」ファーシュは言った。「なぜ嘘をついていた」

「それは警部にしか話さないと言っています。全面的に協力するつもりではあるようですが」

「交換条件は？」

「銀行の名前をマスコミに漏らさないことと、持ち去られた預かり品の捜索に全力を尽くすこと。ラングドンとヌヴーが、ソニエールの貸金庫から何か持ち去ったそうです」

「何を？」コレは思わず言った。「どうやって？」

ファーシュはぴくりともせず、捜査官に目を据えていた。

「何が盗まれたんだ」

「ヴェルネはくわしく話しません。しかし、万難を排してもそれを取りもどしたいと」

コレはなぜそんなことになったのかと頭をひねった。ラングドンとヌヴーは銀行の従業員に銃を突きつけて、人質にとったのだろうか。ヴェルネを脅してソニエールの貸金庫をあけさせ、逃亡用の装甲トラックを用意させたのだろうか。ありえなくはないものの、ソフィー・ヌヴーがそのような行為に荷担しているとはとても信じられなかった。

そのとき、別の捜査官がキッチンからファーシュに呼びかけた。「ティービングの短縮ダイヤルを試してみたところ、ル・ブールジェ飛行場につながりました。悪い知らせがあります」

三十秒後、ファーシュは持ち物を片づけ、シャトー・ヴィレットを出る準備を整えた。ティービングが近くのル・ブールジェ飛行場に自家用機を所有していて、半時間ほど前に飛び立ったことが判明した。

電話に出た飛行場の責任者は、搭乗者も行き先もわからないと言っていた。予定外のフライトで、飛行計画が提出されていなかったという。小規模な飛行場ではあるが、まぎれもない違法行為だ。適度の圧力をかければ求める答は得られる、とファーシュは確信していた。

「コレ警部補」ファーシュは声高に言って、ドアへ進んだ。「技術科学警察への指揮はきみにまかせる。たまにはまともなことをしてみせろ」

71

ホーカーが機首をイギリスへ向け、水平飛行に移った頃合を見て、ラングドンは離陸時から膝《ひざ》にかかえていた紫檀の箱をそっと持ちあげた。それをテーブルに載せたとたん、ソフィーとティービングが期待に身を乗り出すのがわかった。

蓋《ふた》の留め金をはずして箱をあけたあと、ラングドンはクリプテックスのダイヤルには目もくれず、蓋の裏の小さな穴を観察した。その穴にペン先を差しこんで注意深く薔薇《ばら》の象嵌《ぞうがん》をはずし、下にある文字を露出させた。薔薇の下《スブ・ロサ》、と心で唱え、新たな思いで見れば何かわかるのではないかと期待した。全精力を集中して、その奇妙な文字に見入った。

数秒ののち、先刻と同じ失望感がふたたび頭をもたげた。「リー、わたしにはさっぱりわからないよ」

テーブルをはさんだソフィーの位置からはその文字が見えなかったものの、ラングドンがどの言語かを特定できなかったことには驚かされた。象徴学者でさえ判読でき

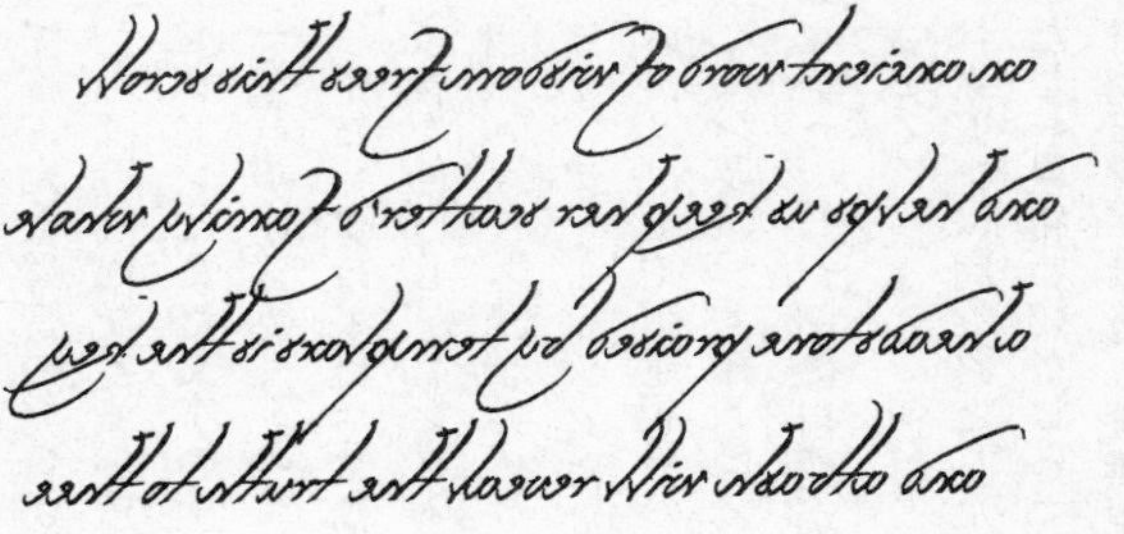

ない不可解な言語を祖父が操っていたなんて。けれども、驚くには値しないとすぐに思いなおした。祖父が隠し事をしたのは、これが最初ではない。

ソフィーの向かいで、ティービングがじりじりと興奮に体を震わせている。なおも箱をかかえ持つラングドンのほうへ、文字を見たい一心で体を傾けた。

「わからない」ラングドンは没頭した様子でつぶやいた。「はじめはセム語派のどれかだと思ったんだが、そうとも言いきれないな。セム語ではかなり前からニクダーを使っているのに、これにはひとつもないんだ」

「おそらく古代のものだろう」ティービングが言った。

「ニクダーって？」ソフィーが尋ねた。

ティービングは箱から目を離さずに答えた。「近代のセム語のアルファベットには母音がないから、ニクダーという母音記号を使う。子音の下や内部に小さな点や線をつけるのだよ。それによって、どんな母音の発音がともなうかがわかる。歴史的に見ると、ニクダーが用いられたのは近代になってからだ」

ラングドンはまだ文字の上に視線をさまよわせていた。「セファルディム（スペイン・ポルトガル系のユダヤ人）の言語に音訳してあるのかもな」

ティービングはもはや辛抱できなかった。「わたしが見れば、おそらく……」そう言って腕を伸ばし、ラングドンの持つ箱を自分のほうへ引き寄せた。ギリシャ語、ラテン語、ロマンス諸語といった一般的な古代言語にならラングドンもたしかに精通しているが、ティービングには、これは知識層が使ったヘブライ語の伝統書体――ラシ・スクリプトや、冠記号のつく特殊文字――ではないかと思えた。

深く息を吸い、ティービングは彫りこまれた文字に目を注いだ。それからしばらく黙していた。しだいに自信が揺らいでいく。「驚いたな。こんな言語は見たこともない！」

ラングドンは肩を落とした。

「わたしも見ていいかしら」ソフィーが言った。

ティービングはそれを無視して言った。「ロバート、こういう字に見覚えがあるとさっき言わなかったか」

ラングドンはとまどった。「そう思ったんだよ。確信はない。なんとなくそんな気がするだけだ」

「リー」議論から取り残されるのは不本意とばかりに、ソフィーがまた言った。「祖父が作った箱をちょっと見せてもらえる？」

「いいとも」ティービングは箱をソフィーのほうへ押しやった。軽んじるような口調は控えたつもりだが、畑ちがいもいいところだと思った。英国王立歴史学会員とハーヴァードの象徴学者ですら特定できない言語を——

「ああ」箱を一瞥《いちべつ》するなり、ソフィーは言った。「なるほどね」

ティービングとラングドンはそろってソフィーに視線を向けた。

「どういう意味だ」ティービングが問いただした。

ソフィーは肩をすくめた。「いかにも祖父が使いそうな言語だってことよ」

「この文字を読めるのか？」ティービングは驚愕《きようがく》の声をあげた。

「たいしたことじゃないわ」ソフィーはいかにも楽しげに答えた。「わたしが祖父からこのことばを教わったのは六歳のときよ。いまでは楽に使いこなせる」テーブルに身を乗り出し、ティービングをたしなめるかのように見据えた。「率直に言って、女王陛下に忠誠を誓っているはずのあなたが気づかないのは意外だわ」

瞬時に、ラングドンは悟った。

どうりで見覚えがあるはずだ！

数年前、ラングドンはハーヴァード大学のフォッグ美術館で開かれた行事に出席したことがある。ハーヴァードの中退者であるビル・ゲイツが、貴重な入手品のひとつを美術館に貸し出すべく、母校へ凱旋《がいせん》したのである。その品とは、アーマンド・ハマー財団主催のオークションで購入したばかりの、十八枚の紙だった。

入札価格は――なんと三千八十万ドル。

その紙に文字を記したのは――レオナルド・ダ・ヴィンチ。

十八枚の紙葉は――レスター伯がかつて所有したことから、レスター手稿と呼ばれているその冊子は――ダ・ヴィンチによる現存する最も興味深い草稿のひとつである。小論やスケッチによって、天文学、地質学、考古学、水文学《すいもん》についての独自の理論を概括している。

列に並んでようやくその貴重な羊皮紙を目にした第一印象を、ラングドンはけっして忘れまい。あれほど落胆したことはない。文字がまったく読めなかった。保存状態は申し分なく、クリーム色の紙に深紅のインクで流麗にしたためられているにもかかわらず、内容がさっぱりわからない。はじめは古いイタリア語が使われているせいだと思ったが、近寄ってつぶさに観察したところ、イタリア語など一単語も、いや一字たりとも見あたらなかった。

「こちらをお使いください」ガイドの女性が小声で言い、展示ケースに鎖でつながれた手鏡を示した。ラングドンはそれを手にとって、文字を鏡に映した。

たちまち謎が解けた。

ラングドンはダ・ヴィンチの思想を知りたいと焦るあまり、数々の卓越した才能を持つその巨匠が、自分以外のほとんどだれも判読できない鏡像筆記の達人でもあったことを忘れていた。歴史学者のあいだでは、ダ・ヴィンチがその書体を用いたのは単なる余技だったのか、肩越しに盗み見る者たちから自分のアイディアを守るためだったのかという論議がいまもって盛んだが、そんなことを言い合ったところで意味がない。ダ・ヴィンチは自分のしたいようにしたまでだ。

ロバートが意味を察したらしいのを見て、ソフィーはほくそ笑んだ。「最初のほうは簡単に読めるわ」そして言った。「これは英語よ」

ティービングはまだ困惑していた。「どういうことだ」

「文字を反転させるんだよ」ラングドンは言った。「鏡が要るな」

「必要ないわ」ソフィーは言った。「この板の薄さならだいじょうぶよ」そして紫檀の箱を持ちあげ、壁についた円筒形のライトにかざして、蓋《ふた》の裏を調べはじめた。ソニエールは反転筆記ができたわけではなく、ふつうに文字を書いた紙をひっくり返して裏からなぞるという方法に頼っていた。思うに、祖父はふつうの文字を一枚の板に焼きつけて、やすりか何かで紙の薄さにまで削り、焼きつけた跡が透けて見えるようにしたのではないだろうか。そうしてできた薄片をただ裏返して、蓋におさめたにちがいない。

ソフィーは蓋をさらに照明へ近づけ、推測が正しかったことを知った。まぶしい光が薄片を透過し、蓋の裏側に反転した文字が浮かびあがった。

たちどころにそれは意味をなした。

「英語だ」ティービングは恥じて頭《こうべ》を垂れ、かすれ声でつぶやいた。「わたしの母国語とはな」

飛行機の後部では、レミー・ルガリュデがエンジンの騒音に耐えながら懸命に耳を澄ましていたが、客室の話し声はまったく聞こえなかった。今夜の成り行きはどうも気に入らない。縛りあげられた修道僧を、レミーは見おろした。その男はもうすっかり動きを止めている。観念して悟りの境地へ至ったか、救済を求めて静かに祈っているかのようだった。

72

一万五千フィートの空の高みで、実体のある世界が遠ざかっていく感覚を味わいながら、ラングドンは箱の蓋《ふた》に浮かびあがったソニエールの詩に引きこまれていった。

ソフィーは紙を見つけてその詩を書きとった。写し終えた文面を、三人でかわるがわる読んだ。それは考古学のクロスワード・パズルを思わせるもので、どうやらクリプテックスのあけ方が秘められているらしい。ラングドンはゆっくりと目を通した。

An ancient word of wisdom frees this scroll
and helps us keep her scatter'd family whole
a headstone praised by templars is the key
and atbash will reveal the truth to thee

古《いにしえ》の英知のことばがこの巻の封を解き
離散せる一族を集める助けともなろう

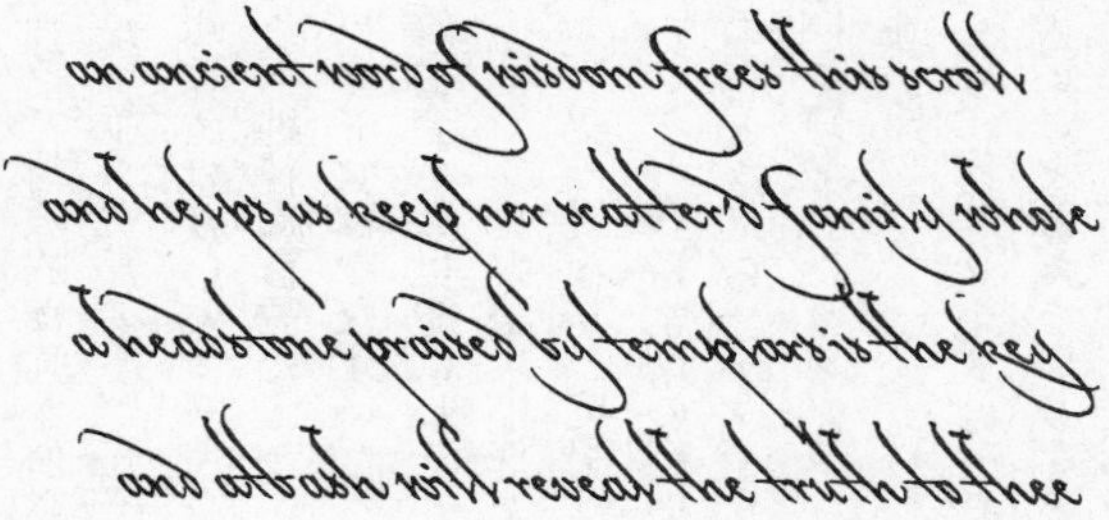

テンプル騎士の讃《たた》えた墓石が鍵《かぎ》となり
アトバシュが汝《なんじ》に真実を明かすだろう

詩が伝えようとしているパスワードに思いをめぐらせる間もなく、それよりはるかに根元的なことがラングドンの頭に呼び起こされた。この詩の韻律は——弱強五歩格だ。

何年もかけてヨーロッパの秘密結社を調査するあいだに、ラングドンはしばしばこの韻律に出くわしていた。去年もヴァチカンの記録保管所で同じ経験をしている。数世紀にわたって、弱強五歩格は世界じゅうの名だたる文豪——古代ギリシャの抒情《じょじょう》詩人アルキロコスをはじめ、シェイクスピア、ミルトン、チョーサー、ヴォルテールなど——に好まれてきた。そうした面々は、社会時評を書く際にも、多くの人に神秘的な印象を与えるその韻律を用いたという。弱強五歩格の韻律は異教を起源としている。

弱強格。対照的な強さのふたつの音節。強勢と弱勢。陰と陽。均整のとれた対《つい》。それが五つ並ぶ。五歩格。五芒星《ごぼうせい》はヴィーナスや聖なる女性を表す。

「五歩格ではないか！」ティービングが叫び、ラングドンに顔を向けた。「しかも英語だ！　純粋な言語《リングァ・プーラ》だ！」

ラングドンはうなずいた。教会に抗《あらが》うヨーロッパのあまたの秘密結社と同じく、シオン修道会も数世紀にわたって、英語をヨーロッパでただひとつの純粋な言語と見なしていた。ラテン語――ヴァチカンの言語――を起源とするフランス語、スペイン語、イタリア語と異なり、英語はローマ・カトリックからその存在を黙殺されてきたが、だからこそ、教育水準の高い同胞にとっての神聖なる秘密の言語となりえた。

「この詩ときたら」ティービングは勢いこんで言った。「聖杯はもとより、テンプル騎士団や離散したマグダラのマリアの一族にまで言い及んでいる。これ以上のものは望めまい」

「つまり、パスワードは」詩の文句に目をもどして、ソフィーが言った。「英知に満ちた古いことばだということかしら」

「アブラカダブラかね」ティービングは瞳《ひとみ》を輝かせて言った。

　五文字のことば。ラングドンは頭を絞った。名句と称される昔のことばは無数にある。秘教の賛美歌、占星術の予言、秘密結社の勧誘文句、呪術《じゆじゆつ》のまじない、エジプトの魔法の呪文、異教のマントラ。候補をあげるだけでもかぎりがない。

「テンプル騎士団にまつわることばのようね」そう言って、ソフィーは詩の一行を読みあげた。「〝テンプル騎士の讃えた墓石が鍵となり〟」

「リー」ラングドンは言った。「テンプル騎士団はきみの専門だろう。何か思いつかないか」

　ティービングはしばし黙考したのち、ため息を漏らした。「そうだな、墓石というのはむろん、そこに刻まれた墓碑銘のことだろう。マグダラのマリアをテンプル騎士団が讃えた墓碑銘なのかもしれない。しかし、肝心の墓がどこにあるか見当がつかない以上、どうにもなるまい」

「最後の行に」とソフィーは言った。「〝アトバシュが汝に真実を明かす〟とあるわね。アトバシュって、なんとなく聞き覚えがあるんだけど」

「当然さ」ラングドンは答えた。「暗号学の入門クラスで耳にしたはずだよ。アトバシュは史上最古の換字式暗号のひとつだ」

　そうだったわ！　有名なヘブライ語の暗号形式ね。

暗号学の初歩を教わったとき、たしかに出てきた。アトバシュの発祥は紀元前五〇〇年と言われ、基本的な循環型置換法の例として、いまも指導に使われている。ヘブライ語の暗号に頻出するアトバシュは、二十二文字のヘブライ語アルファベットをもとにした単純な換字式暗号である。アトバシュでは、アルファベットの最初の字が末尾の字に、二番目の字が末尾から二番目の字に、というふうに置き換えられる。

「アトバシュとはまた、あつらえ向きの選択だな」ティービングが言った。「アトバシュを使った暗号文は、カバラ密教や死海文書、古くは旧約聖書にまでさかのぼる、あらゆる文献に見られる。ユダヤ人の学者やカバラの信仰者は、いまだにアトバシュを使って隠語を解読しているらしい。シオン修道会もアトバシュを教育の一環として用いていたにちがいない」

「ひとつ問題なのは」ラングドンは言った。「われわれには解読すべき対象がないということだ」

ティービングはため息を漏らした。「墓石に彫りこまれているはずだ。テンプル騎士団の讃えた墓石なるものを見つけなくては」

ソフィーはラングドンの苦々しい顔つきから、テンプル騎士の墓石を探すのはたやすくないと察した。

アトバシュが鍵。けれども、開くべき扉がない。

三分後、ティービングが失望の吐息とともに首を振った。「八方ふさがりだ。しばらく考えさせてくれ。軽くつまめるものを探しがてら、レミーと客人の様子を見てこよう」そう言って立ちあがり、機内の後部へ向かった。

ソフィーは疲れを感じつつ、ティービングを見送った。

窓の外はまだ夜が明けず、黒い闇に包まれている。行き先もわからないまま、宇宙をさまよっている気分だった。幼いころから祖父の仕掛ける謎に親しんできたせいか、目の前の詩には、まだ三人が気づいていない情報が秘められている気がしてならなかった。

まだあるはずよ。ソフィーはひとりごとを言った。巧妙に隠されていても……かならず何かある。

さらに気が滅入《めい》るのは、クリプテックスをどうにか解錠できたとしても、出てくるのは〝聖杯への地図〟のような安易なものではおそらくないということだ。ティービングとラングドンは大理石の筒のなかに真実がそのまま眠っていると信じきっているが、かつて宝探しゲームで鍛えられたソフィーには、祖父がそうたやすく秘密を明かすとは思えなかった。

73

ル・ブールジェ飛行場の小型管制塔で、夜勤管制官が静かなレーダー画面の前でまどろんでいたとき、司法警察の警部がドアを壊す勢いで飛びこんできた。

「ティービングのジェット機はどこへ飛んだ?」ベズ・ファーシュはがなり立てた。

管制官はそのイギリス人利用客――最重要顧客として扱われている人物――のプライバシーを守ろうと、しどろもどろの抗弁を試みたが、むなしい結果に終わった。

「いいだろう」ファーシュは言った。「では、飛行計画を受理せずに自家用機の離陸を許可した罪で、おまえを逮捕する」

警部の合図で、別の捜査官が手錠を持って近づいてくるや、管制官は抑えがたい恐怖を感じた。その警部が国民的英雄か、はたまた危険人物かと問うた新聞記事が思い出された。その質問の答がたったいま出たわけだ。

「待ってください!」手錠を見て哀れっぽく叫ぶ自分の声が聞こえた。「お話しできることはこれだけです。サー・リー・ティービングは持病の治療のためにたびたびロンドンへ行っておられます。ケント州にあるビギン・ヒル空港に格納庫をお持ちでして。ロンドンの郊外です」

ファーシュは捜査官を引きさがらせた。「今夜もビギン・ヒルへ向かったのか」

「存じません」管制官はありのままを答えた。「離陸してからいつもと同じ針路をとっていますし、レーダーが最後にとらえた時点でもイギリスをめざしていました。ビギン・ヒルへ向かったと考えるのが順当でしょう」

「同乗者はいたのか」

「誓って申しますが、わたしにはわかりません。お客さまは格納庫へ直接車を乗りつけて、お好きなものを積めるんですよ。同乗者の有無をチェックするのは、受け入れ空港の税関職員の仕事です」

ファーシュは腕時計に目を落としたあと、空港ビルの前にまばらに停まったジェット機をながめた。「仮にビギン・ヒルへ飛んだとして、どのくらいで着く」

管制官は資料のあちらこちらをめくった。「わずかな時間ですよ。あの飛行機なら……六時三十分前後には到着しますね。あと十五分です」

ファーシュは顔をしかめ、部下のひとりへ向きなおった。「飛行機を一機、手配してくれ。ここからロンドンへ発《た》つ。ケント州の警察にも協力を要請しろ。情報局保安部《MI5》はだめだ。騒ぎ立てられたくない。地方警察だぞ。ティービングの飛行機の着陸を許可するよう伝えるんだ。そのうえで滑走路を包囲させろ。わたしの到着まで、絶対にだれも飛行機からおろしてはならない」

74

「元気がないね」ラングドンはテーブル越しにソフィーを見つめた。

「ちょっと疲れただけ」ソフィーは答えた。「それにこの詩のせいよ。たぶん」

ラングドンも疲れていた。エンジンの低いうなりと機体の軽い揺れに眠気を誘われる一方、修道僧に殴られた頭がまだずきずき痛む。ティービングが後方へ去ったままなので、ラングドンはソフィーとふたりだけのうちに、さっきから気がかりだったことを話そうと決めた。「ミスター・ソニエールがわたしたちを引き合わせた理由が少しわかる気がするんだ。わたしからきみに説明させたいことがあったんじゃないかな」

「聖杯の歴史やマグダラのマリアの話のほかにも？」

どんなふうに先をつづければいいのか、自信がなかった。「きみたちふたりの断絶。十年間も口をきかなかった理由。きみたちを絶縁に追いやった出来事について、わたしの口から説明すれば、きみの誤解を晴らせるのではないかと期待したんだと思う」

ソフィーは落ち着かなげに体を動かした。「何があったのか、わたしはまだ話してないけど」

ラングドンは気づかいながらソフィーを直視した。「性の儀式を見たんだね。ちがうかい」

ソフィーは動揺の色を見せた。「どうしてわかったの?」

「秘密結社の一員だと確信できるものを目撃したと言ったじゃないか。そしてそのせいで、二度と会いたくなくなるほどの衝撃を受けた。わたしは秘密結社にはかなりくわしい。きみが何を見たのかを推測するのに、ダ・ヴィンチの頭脳は必要ないさ」

ソフィーは目を大きく開いた。

「時期は春だったかい」ラングドンは尋ねた。「春分のあたり——三月なかばごろでは?」

ソフィーは窓の外を見やった。「大学の春休みだったわ。予定より二、三日早く帰省したの」

「そのときのことを話してくれないか」

「できれば話したくない」不意にラングドンに向きなおったその目には、抑えきれない涙がたまっていた。「何がなんだかわからないままなの」

「男性も女性も参加していたんだね」

ひと呼吸置いて、ソフィーはうなずいた。

「白と黒の衣装を着ていた？」

ソフィーは涙を拭《ふ》き、またうなずいた。少し気を取りなおしたらしい。「女性はみな、薄い生地の白いローブを着て……金色の靴を履いていた。手には金色の球《たま》を持ってたわ。男性は黒の長衣《チュニカ》に黒の靴を身につけていた」

ラングドンは興奮を隠そうとつとめたが、やはり自分の耳が信じられなかった。ソフィーははからずも、二千年の歴史を持つ聖なる儀式をその目で見たのだろう。「仮面は？」ラングドンは平静を保った声で尋ねた。「中性的な仮面をつけてたかい」

「ええ。全員が同じ形のをね。女性は白、男性は黒だったけど」

ラングドンはその儀式に関する文献をいくつも読んだことがあり、その謎めいた起源についても熟知していた。「それはヒエロス・ガモスと呼ばれている」穏やかにそう告げた。「起源は二千年以上前にさかのぼる。古代エジプトで聖職に就いていた男女が、女性の生殖能力を讃《たた》えるために執りおこなっていたんだ」そこでことばを切り、ソフィーに顔を近づけた。「しかるべき予備知識もなくその儀式を見たとしたら、ずいぶんショックを受けたと思う」

ソフィーはだまっていた。

「ヒエロス・ガモスはギリシャ語だ」ラングドンはつづけた。「〝聖なる婚姻〟という意味だよ」

「わたしが見たのは婚姻なんかじゃない」

「結合という意味での婚姻だよ、ソフィー」

「セックスという意味ね」

「ちがう」

「ちがう?」オリーブ色の瞳が挑みかかる。

ラングドンは少し譲歩した。「まあ……ある意味では同じだが、当世風の解釈とはちがうんだ」ソフィーが目にしたものはセックスの儀式に見えたかもしれないが、聖婚《ヒエロス・ガモス》はエロティシズムとは無縁であるとラングドンは説いた。それは崇高な意味をもつ行為だ。歴史をひもとけば、性交とはそれを通じて男女が神にふれるための営みだったことがわかる。古代には、男性は精神的に未完成であり、聖なる女性との交接によってはじめて完全な存在になると信じられていた。女性との肉体的結合は、男性が精神的に成熟し、ついには霊知《グノーシス》――神の知恵――を得るための唯一の手段だった。エジプトの女神イシスの時代から、性の儀式は男性を地上から天国へ導くただひとつの架け橋と考えられてきた。「女性と通じることで、男性は絶頂の瞬間を迎え、頭が空白になったその刹那《せつな》に神を見ることができるんだ」

ソフィーはいぶかしげに言った。「オーガズムは霊的交渉だというわけ？」

その指摘が本質を突いていると思いつつも、ラングドンはあいまいに肩をすくめた。生理学上、男性は絶頂の訪れとともにいっさいの思考から解き放たれる。つかの間の思考の真空というわけだ。すべてが澄みわたるその瞬間、神の姿を垣間見《かいまみ》ることができる。瞑想《めいそう》の達人は性行為に頼ることなくそれと似た境地に至ると言われ、尽きることのない精神的オーガズムをしばしば涅槃《ニルヴァーナ》と称する。

「ソフィー」ラングドンは静かに言った。「古代における性の観念は現代の考え方と対極をなしていたことを忘れちゃいけない。セックスは新しい生命を創り出し——それこそ奇跡の最たるものだ——奇跡をなしうるのは神だけだった。子宮から命を生み落とすその能力ゆえに、女性は神聖視された。まさに神だ。性交とはふたつに分かたれた人間の魂の——すなわち男性と女性の——尊い結合であり、それを通じて男性は無欠の精神を手に入れ、神との交流を果たすことができる。きみが見たのは性の営みではなく、精神の営みだ。聖婚の儀式は性的倒錯じゃない。神聖でおごそかな儀式なんだよ」

そのことばが心の琴線にふれたらしい。今夜ずっと、ソフィーは落ち着きを失わなかったが、いまはじめて、その冷静さにほころびが生じた。ふたたび目に涙があふれ、ソフィーは袖《そで》でそれをぬぐった。

ラングドンは少し時間を置くことにした。セックスが神への道筋だという考え方には、最初は動揺するのも当然だ。ラングドンの講義を受けるユダヤ系の学生も、初期のユダヤ教の習わしに儀礼としてのセックスが含まれていたと聞かされると、総じて面食らった様子を見せる。よりによってヤハウェの神殿においての話だからだ。かつてのユダヤ人は、ソロモン神殿の至聖所が神の家であるだけでなく、神と同等の存在である女性シェキーナーの宿る場所でもあると信じていた。男性は精神の充足を求めて神殿を訪れ、巫女《みこ》――すなわち聖娼《せいしょう》――と交わり、肉体の結合を通じて神にふれようとした。ヘブライ語で神の名を表すYHWHという四文字は、〝Jehovah〟と綴《つづ》られることが多いが、本来これは男性を示す〝Jah〟と、イヴのヘブライ以前の呼称〝Havah〟という二語が結合してできた、両性を備えたことばである。

「初期の教会にとって」ラングドンは穏やかな声でつづけた。「人類がセックスを通じて神とじかに交流できるという概念は、カトリックの勢力基盤を揺るがす深刻な脅威だった。そういう考えが広まれば、神への唯一無二の接点と称してはばからなかった教会の地位は低下し、主導権を失いかねない。教会は明確な目的を持って、セックスを悪しきものと断じ、罪深く忌まわしい行為へと貶《おとし》めたんだ。ほかの主立った宗教でも似たことがおこなわれている」

ソフィーは黙していたが、祖父への理解が深まりつつある様子なのをラングドンは感じとった。皮肉なことに、今学期のはじめにも授業で同様の説明をしたばかりだった。「セックスに対して葛藤《かっとう》を覚えるのは妙だと思わないか？」学生たちにそう問いかけたものだ。「古くからの伝承もわれわれの肉体そのものも、セックスは自然な行為だと――精神の充足を得るための気高い道だと教えてくれる。にもかかわらず、現代の宗教はそれを恥ずべき行為と見なし、性欲は悪魔の手によるものだなどと説いている」

ラングドンは学生にそれ以上ショックを与えるのはやめようと決め、世界じゅうの十指に余る秘密結社が――その多くはかなりの影響力を持つ団体だが――いまなお性の儀式を実践し、古代の伝統を守っていることまでは語らなかった。映画〈アイズ・ワイド・シャット〉で、トム・クルーズの演じる主人公はニューヨークの名士が集まる秘密のパーティーに潜入し、聖婚の儀式を目のあたりにする。残念ながら、この映画の作り手は細部の描写でいくつも誤りを犯しているが、謎の集団が性的結合の儀式をおこなう大筋は正しく伝えている。

「ラングドン教授」後方にいた男子学生が手をあげ、はずんだ声で言った。「つまり、教会にかようより、もっとセックスに励めということですか」

ラングドンは一笑したが、挑発に乗る気はなかった。ハーヴァードのパーティーで耳にしたところでは、学生たちはじゅうぶんすぎるほどセックスに励んでいるらしい。「紳士諸君」甘いのは承知のうえで言った。「ひとつ提案させてもらおう。婚前交渉を公然と認めるほど大胆でもなく、きみたちがみな清らかな天使だと思うほど純朴でもない立場から、諸君の性生活について少々助言をしておきたい」

教室じゅうの男子学生がいっせいに身を乗り出し、耳をそばだてた。

「こんど女性といっしょに過ごすとき、セックスを神秘的で崇高な営みと感じられるかどうか、自分の心に問いかけてみるんだ。聖なる女性との交わりを通じてのみわれわれに許される神々しいひらめきを体験すべく、きみたちも挑むといい」

女子学生はわけ知り顔でにこやかにうなずいていた。

男子学生はいかがわしい忍び笑いや、きわどい冗談を交わしていた。

ラングドンはため息をついた。大学生の男など、まだまだひよっこだ。

ソフィーは窓に押しつけた額に冷たさを覚え、ぼんやりと虚空を見つめながらも、ラングドンのことばを受け入れようとしていた。後悔の念が湧きあがる。十年間。祖父から送られたまま封を切っていない手紙の山が目に浮かぶ。何もかも打ち明けようと思い、ソフィーは窓の外を見ながら語りはじめた。静かに。おそるおそる。

あの夜の出来事について話すうち、いつしか過去へ舞いもどったかのような感覚にとらわれた。ノルマンディーの祖父の別荘に着き、木立に車を停めており立つ……人《ひと》気《け》のない家のなかをとまどいつつ調べてまわる……足もとから声が聞こえる……そして隠し扉を見つける。石段をひとつずつおりていき、地下室へ足を踏み入れる。土のにおいがする。ひんやりと薄い空気。三月のことだ。階段の上で身をかがめると、揺らめくオレンジの灯火のそばで見知らぬ人たちが体を揺すり、何かを唱えているのが目にはいった。

これは夢だわ、とソフィーは自分に言い聞かせた。夢よ。ほんとうのはずがないでしょう？

男女が交互に並んで輪を作っている。黒、白、黒、白。女たちは美しい薄布のローブをふわりと波打たせ、右手に載せた金色の球を掲げて声を合わせる。「はじめ、わたしはあなたとともにあり、聖なる曙光《しょこう》に包まれて、黎明《れいめい》にこの胎《はら》からあなたを生み落としたのです」

女たちが球をおろし、全員が忘我の境に浸るがごとく体を前後に揺さぶった。輪の中心にある何かを崇《あが》めているらしい。

何を見ているの？

詠唱の勢いが増す。より大きく。より速く。

「あなたが見つめる女は愛そのものです！」女たちは叫び、ふたたび球を掲げる。男たちが応《こた》える。「その女は永久《とこしえ》を住みかとします！」

詠唱がもとの調子にもどる。また勢いを増す。いまや雷鳴を思わせるほどだ。さらに速まる。全員が輪の内側へ踏みこんで膝《ひざ》を突く。

その瞬間、ソフィーは一同が見守っていたものをついに目にした。

円の中心に設えられた、装飾を凝らした低い祭壇に、ひとりの男がいるのが見える。全裸で仰向《あおむ》けに横たわり、顔を黒い仮面で覆っている。その体つきと肩の母斑《ぼはん》から、即座にだれであるかがわかる。思わず叫びそうになる。おじいちゃん！　その姿だけでも信じがたい衝撃だったが、それはほんの一端でしかなかった。

白い仮面をつけた全裸の女が、豊かな銀色の髪を背中に垂らして、祖父にまたがっている。完璧《かんぺき》にはほど遠い丸々としたその体を、詠唱に合わせてリズミカルにくねらせながら――祖父と交わっている。

背を向けて逃げ出したいのに、足が動かなかった。ソフィーを石壁のなかの虜《とりこ》にしたまま、詠唱は最高潮に達する。輪になった男女の声はいまや熱唱に近く、しだいに狂乱の域へと高まる。唐突なうめき声とともに、部屋全体が絶頂に達する。呼吸ができない。自分が声を殺して嗚咽《おえつ》しているのに気づく。ソフィーはきびすを返し、ふらつく足で階段をのぼりきるや、別荘を飛び出し、運転席で身を震わせながらパリへ逃げ帰った。

75

チャーターしたターボプロップ機が光のまたたくモナコ上空を通過しようとしているころ、アリンガローサはファーシュとの二度目の通話を終えた。エチケット袋にふたたび手を伸ばしたが、消耗しきっていて、吐くこともできなかった。

さっさと終わらせてくれ！

たったいまファーシュから聞いた話は信じがたかったが、それを言うなら、今夜の出来事はどれも不可解だった。どうなっているのだろう。何もかもが大幅に軌道をはずれたらしい。シラスを何に巻きこんでしまったのか。自分を何に巻きこんでしまったのか。

ふらつく脚でコックピットへ歩み寄った。「行き先を変更したい」

パイロットはちらりと後ろを見て笑った。「からかっていらっしゃるんですね」

「本気だ。いますぐロンドンへ向かわなくては」

「これはチャーター機ですよ。タクシーじゃありません」

「もちろん割増料金は払う。金額を教えてくれ。ロンドンはここから北へ一時間ほどだ。針路を変更する必要もほとんどないだろうから――」

「お金の問題じゃありません。いろいろと手続きが要りましてね」

「一万ユーロ。この場で支払う」

パイロットは驚きに目を瞠《みは》り、こちらへ顔を向けた。「いくらですって？　聖職者がなぜそんな大金を持ち歩いてるんですか」

アリンガローサは黒いブリーフケースのもとへもどり、中から無記名債券を一枚取り出した。パイロットにそれを手渡す。

「これはなんです」パイロットは訊《き》いた。

「ヴァチカン銀行宛に振り出した一万ユーロの債券だよ」

パイロットは疑わしげな表情をしている。

「現金と変わりない」

「現金と呼べるのは現金だけですよ」パイロットは言って、債券を突き返した。

アリンガローサは気落ちしてコックピットのドアへ寄りかかった。「これには人の生死がかかっている。助けてくれ。なんとしてもロンドンへ行かなくては」

パイロットは司祭のはめている金の指輪に目を注いだ。「本物のダイヤモンドですか」

アリンガローサも指輪を見た。「これは絶対に手放せない」

パイロットは肩をすくめ、向きなおって前方へ視線をもどした。

アリンガローサは意気消沈した。また指輪を見つめる。どのみち、この指輪が象徴するものはまもなく失われるだろう。しばらくしてから、それを引き抜いて、そっと計器板に載せた。

アリンガローサは静かにコックピットを出て、座席に身を沈めた。十五秒後、パイロットがほんの少し北向きに機体を旋回させるのがわかった。

それでもなお、アリンガローサの栄光のときは消え去りつつあった。

当初の目的は神聖なものだった。精巧に仕組まれたみごとな計画。それがいま、トランプの家さながらにみずからの重みで崩れようとしている。とはいえ、終焉《しゅうえん》のきざしは見あたらなかった。


（下巻につづく）

本書は二〇〇四年五月、小社より刊行された単行本を文庫化したものです。